わたし、コレでも女の子なんすよ？

～最高の男友達だと思っていた後輩が、じつは美少女だった件～

四条彼方 Kanata Shijo Illusration うなぽっぽ

Characters
登場人物紹介

胡桃《くるみ》颯《はやて》

高校1年生。諒介には
男子だと思われているが
学校内では屈指の美少女。
諒介が女子が苦手なことを知り、
"男の後輩"で通すことを
決意するが……。

赤《あか》座《ざ》諒《りょう》介《すけ》

過去のトラウマから
女子が苦手になった高校2年生。
ゆえに1つ下の義妹からの
猛アプローチも避けがち。
偶然知り合った性別不詳の
美少年・颯と意気投合する。

小《お》野《の》寺《でら》響《きょう》也《や》

諒介の親友でクラスメイト。
線が細く女の子にも見える美少年。
親しみやすい雰囲気で
女子にもモテる。
その場を盛り上げる
ムードメーカー的存在。

赤《あか》座《さ》雛《ひな》姫《き》

高校1年生。声優としても
活躍中の校内一のアイドル。
義兄である諒介に
重めの片思いをしており、
何度も迫るが
いつも空振りに終わる。

「……諒介兄さんのためなら、何でもできるよ」

「先輩といると、ボクめっちゃ楽しいです」

「うぇへへ……
センパーイ……しゅき……」

わたし、コレでも女の子なんすよ？
～最高の男友達だと思っていた後輩が、じつは美少女だった件～

四条彼方

ファンタジア文庫

3347

口絵・本文イラスト　うなぽっぽ

Contents
目次

プロローグ

これから俺は、とびっきりの美少女に告白される。

確かな情報だった。だって、掃除で入ったあいつの部屋のカレンダーには、今日の日付にハートマークが添えられてたんだ。それはもう、桃色でグリグリと。

その横に書かれていた『諒介《りょうすけ》さんに告白！』という文字列を見たとき、俺は顎が外れるかと思った。

「はぁ……」

こぼした溜息《ためいき》が春の風に運ばれていく。

夕暮れどきの河川敷《かせんじき》をゆく俺の足取りは、極めて重たかった。

ああ、せめて夢だったらいいのに――えっ、ワンチャン夢じゃねぇかな？　人気者の義妹《いもうと》から告白されるとか、ナイナイ。ありえない。

俺はもう一度、あいつから送られてきたメッセージを確認してみた。

添付された地図が示してるのは、街の中心部。商業ビル最上階に位置する高級レストラン。その見事な夜景の一望できる時間に待ちあわせ、とのことだった。

そして極めつけの文言は――『大事な話があるから、ぜったい来てね』。

「夢じゃないわ。100パー告白されるじゃん……」

再確認した俺の足取りは、さらに重たくなったみたいだ。

生ける屍《しかばね》ぐらいの速さで、だらだら、だらだらと目的地へ向かう。

あいつの元にたどり着きたくなかった。

だって、その告白は断らないといけない。

本来なら、あんな可愛《かわい》い子に好意を伝えられるなんて、大喜びすべき事態なんだろうけど――あいつそもそも家族だし。しかもファン多めの有名人だし？

まぁ、他にも付き合えない理由はあるんだけど。

「だからってなぁ」

その告白を断って、大事な義妹を傷つけるのもイヤなんだ。

あれ、これ詰んでね？

「ああクソ、行きたくねぇな。気が重たいなぁ……」

一方、坂の下からは気楽な声。

落ちゆく夕陽《ゆうひ》を背景に、河川敷のサッカーコートで遊ぶ子ども達は楽しそうだった。

小学校・高学年くらいの集団だろうか。色のついたボールを脚でわちゃわちゃ奪い合うという初歩的な遊びに興じている。現代社会ではちょっと珍しい光景。

中でも体格のいい男子が、混戦状況をリセットするみたいに上へ強く蹴りあげた。ぽーん、と宙空に浮いた途端、強めの風が吹き荒れる。

ボールは大きく横に逸《そ》れ、坂の上の歩道へと落下しそうだ。

それだけなら別によかった。だけど、予測される落下地点ふきんには年下らしき少女――いや少年（？）が向かっている。

「おーい。上」

性別不詳の通行人に俺は声をかけた。だが、パーカーの両ポケットに手を突っこむキザな背中は無反応だ。

もうすぐ落下してくるボール。運悪く、彼だか彼女だかの頭上を目掛けている。

そいつには避《よ》けようとする素振りがまるでなかった。むしろ、その落下地点に吸い込まれるように近付いていく。

距離から考えれば、小学生たちの「避けてー！」の声や、俺の忠告は聞こえてるはずなんだが……くそっ、一応キャッチしに行くか？

俺は全速力で駆けだした。

けど駄目だ、踏みだすのが遅かった。これは間に合わない、ぶつかる――

「はい、お返ししまーす」

――飛んできたボールをロクに確認もせず、そいつは蹴り返した。

「は？」

想定外のダイレクトシュート。

それ以上に俺が目を奪われたのは、その、あまりにも綺麗《きれい》な横顔だった。

落陽に照らされる中性的な美形。

整いすぎてる造形に、俺は、注意力さえも奪われて――

走りだして間もない両足がもつれた。

やべぇ転ぶ！　咄嗟《とっさ》に受け身を取ろうとしたが、すでに無意味だ、勢い良くよろけた身体《からだ》は河川敷の坂の下へ行こうとしてる。

事故確定。

「あっ死んだ」

俺の遺言これかぁと思った。

転がって跳ねる身体。空と草を交互に映しだす視界。最後に地面に着地したとき、足首への強烈な違和感と経験したことのない激痛がして、俺はただ蹲《うずくま》るしかなかった。

「わっ、わー！　大丈夫っすか⁉」

近寄ってくる誰かの心配をよそに、俺は妹のことを考えていた。

ごめん、雛姫《ひなき》。おまえからの呼び出しの約束、守れそうにないわ。

けど正直、その告白を受けられなかったことにお兄ちゃんちょっと安堵《あんど》してる。

1　お見舞い、お願い、勘違い

病室の白いベッドに突っ伏して、俺の義妹である赤座雛姫《あかざひなき》が泣いていた。

「りょっ、りょうすけにいさぁあああん……！　わっ、わた、私が！　私が見栄張《みえは》ってお高いレストランに呼びださなきゃ、こんな事態にはなってないのにぃいいい、うぇえええええん……っ！」

「俺が死んだ場合ぐらいリアクションするじゃん。骨折だよ。ただの骨折と打撲」

「りょうずけさんっ、ごめんなさいっごめんなさいっ、ごめんなさぃいっ」

「いや、だから、そんな本気で謝らなくていいって」

「私のせいで、諒介さんが、諒介さんがぁ……！」

「ちょ、話聞いてる？　え、気付いてないだけで俺マジで死んでたりすんの」

普段はクールキャラで通ってる黒髪の美少女が、ヘアスタイルが乱れるのも気にしないで頭部を押しつけてくる。

骨折の手術を終えて一夜明け、面会が可能になった瞬間この個室に来たもんだから、わりとビビった。メッセージも２００件以上溜《た》まってたしさ。

「うゔん、諒介さん生きてる。命があって本当によかった……逝《い》っちゃってたら私、責任感じすぎて切腹してた……」

「ずびずび鼻鳴らしながら武士みたいな価値観出してくんな。ほら、ティッシュ」

「んむ……かたじけない……」

雛姫はちーんと鼻をかむ。その頬には大量の涙のあと。こいつのファンが見たら大騒ぎしそうな表情だった。「雛姫さまを泣かせたのは誰だ！」ってな。俺だよ。ごめんなさい。

「てかさ、今って平日の昼間だよな。フツーに授業中のはずだけど、雛姫おまえ学校は？」

「……諒介さんの緊急事態だから、休んだよ？」

それを世間ではサボったと言います。きょとんとした顔で不良行為すんな。

「はぁ……いやいいよ。いいんだけど、おまえ将来的な単位大丈夫なの？　仕事との兼ね合いとかあんでしょ」

「うぐっ。痛いとこ突くね、兄さん。あんまり、だいじょばない。マネージャーからも無駄に休むなって言われてる……」

この一個下の義妹は、なんと声のお仕事をしている。いわゆるプロの声優だ。

中学生の頃デビューを果たし、その天性の声質と才能で、一躍有名人と化した。ルックスの良さも相まってか、どこぞのアイドルみたいな売り出し方もされている。

「あのさ。雛姫には、レッスンとか収録とか友達付き合いとか、あんでしょ色々。しかも高一の四月なんて超大事な時期じゃん」

「うん……」

「なら、俺のお見舞いには来なくていいよ。優先度は下げるべきだ」

「うぅ。でも、でも……」

メディアでは鉄面皮のくせして、俺の前でだけ感情の出やすい雛姫だった。

納得のいってなそうな彼女に、俺は優しく微笑《ほほえ》みかける。計算ずくの作り笑顔。申し訳ないと思いながらも必殺の言葉を紡《つむ》いだ。

「なあ雛姫。お願いがある。よく聞いてほしい」

「……！　傾聴するよ」

雛姫は焦《あせ》った手付きで、ハンドバッグから小型のメモ帳を取りだした。

義妹の聞く準備が整ったのを確認してから、ゆっくりと口を開く。

「俺のことは、しばらく気にしないでほしい。少なくとも、『いい』って言うまでは。雛姫には自分のことに専念してほしいんだ」

「……しかと受け止めたよ」

しゅばばばばとペンを走らせる雛姫。あのメモ帳には『諒介《りょうすけ》兄さんのお言葉』が記されてるらしい。こいつ俺の秘書かよって毎回思う。

「うん、承知した。諒介さんのことは気にしないように、私、お仕事がんばるから。ちゃんと応援、しててね……？」

「もちろん」

上目遣いで不安そうな雛姫だけど、言われるまでもなく、この娘が今期に出演してるアニメはぜんぶチェックしてる。

義理の兄として家族の活動は応援するつもりだ。

かつて引きこもっていた彼女が表の世界に出てだれかに愛されてるのは、純粋に喜ばしいことだった。

「おかーさんね、仕事おわったらお見舞い来るって」

「そうか。うん、わかった」

「それと、りんご。買ってきたから剝《む》くね」

「そうか。うん、わか……待った、おまえ果物ナイフとか使えたっけ？」

「ううん。でも諒介兄さんに食べてほしいから、爪でやってみる」

えいえいおーと無表情で気合いを入れる雛姫。さっと血の気が引いた。天然気味なこの娘に家事能力はない。

かつて雛姫が自室で動けなくなった際、身の回りの世話をしてたのは主に俺だった。

「いやいや、皮剝かないで大丈夫！　そのままちょうだい」

「えっ？　兄さんがそう言うなら……どうぞ」

手渡された瞬間、りんごに大きく齧《かぶ》りつく。うっ、果物の皮ってあんま好きじゃないんだけど……まあ、目の前で雛姫が傷つくよりマシか。伸ばした爪が剝がれでもしたら大変だ。

ところで、どうだろう。こんな野性味あふれる兄の食事姿を見れば、家族相手の禁断の恋も冷めるんじゃないか？

「おー、ワイルドな食べっぷり……いいね、諒介兄さん」

「いいのかよ。いや、我ながらよくねえだろ別に」

ぽーっとした表情をされてしまった。あばたもえくぼだ。改めてこの娘、俺のことが好きなんだなぁと実感する。

骨折したのは不運な事故だけど、入院できたのは幸運だった。

振らなきゃいけない雛姫からの告白を、さらに延ばすことが出来たのだから。

※　※　※

それからの入院生活は平穏なものだった。

この一週間、雛姫はお見舞いに来なかった。「俺を気にするな」という言いつけを守り、仕事や勉学に励んでいるそうだ（義理の母からそう聞いた）。

俺はというと、『傷つけることが確定した告白』という圧力がなくなり、入院中なのに自宅よりも寛《くつろ》げている。大変なのはリハビリくらいだ。つうか暇。めっちゃ暇。

午睡から目を覚まし、大きなあくびをしていると——

「どもどもー。今日も眠そうっすね、センパイ！」

隣りから声がした。

パイプ椅子に座ってるのは、一週間ほど前にスーパープレイを決めてた美少年。名前は颯《はやて》、苗字《みょうじ》は知らない。

そいつは頬杖《ほおづえ》をついてニヤニヤしてやがる。俺は顔をしかめながら言った。

「え、なに、寝顔見てたのおまえ。ぜったい見物料取るから。財布だしな財布」

「えー？　寝起きからカツアゲとか怖いなぁもう。まーまー、寝顔分の価値は払いましょうかね。どうぞっす！」

颯は一枚の硬貨を渡そうとしてきた。ちなみにアルミニウム製。

「俺の寝顔1円かよ」

要らねえよ。失礼な後輩の代金をテキトーに手で払った。男相手に遠慮するつもりはない。

「まぁ、でも、見舞いに来てくれてありがとな。颯」

とはいえ感謝は述べといた。

「あらま。センパイってば律儀《りちぎ》ですねー」

「そうか？」

「だってボク、この病室に来るのもう4日連続なのに、毎日言ってくれるじゃないっすか。そろそろ気ぃ遣わなくてもいいっすよー？」

「じゃあそうするわ。おまえ手土産のひとつでも持ってこいよ、気が利《き》かねえな」

「うわー、落差がすごい！　あははっ」

パーカーのポケットに手を突っ込んで、颯は少年らしい無邪気な笑顔を見せた。

数日前、坂から俺を転げ落としたほどの顔の良さ。念のため見ないようにしておいた。

こいつを勝手に助けようとして、勝手に怪我《けが》して入院した俺だけど、颯は「ボクにも責任の一端はありますから～」と足繁《あししげ》く通ってくれている。

ありがたいことだった。声変わりも済んでないこの少年が、入院生活のカンフル剤になってるのは否《いな》めない。

「それで？　今日は何のアニメを観《み》んの」

「ええ、作品の選定はバッチリ済ませてきました！　ふふふ、任せてほしいっす」

遡ること2日前、暇を持て余したこいつは『アニメでも観ますかー』と提案してきたんだ。こっちも常に暇してるから、断る理由もなかった。

「本日視聴するタイトルはですね――ずばりっ！」

「ずばり？」

「【食べられる草に転生した俺、腹ぺこ幼女を笑顔にします】です！」

「泣くだろ、幼女。腹ぺこで草食わされたら」

俺のツッコミも無視して「名作なんすよー」と視聴の準備をする颯だった。慣れた手付きでスマホを弄《いじ》ってる。

「それじゃ、再生ボタン押しますねー。第一話から感動する話なので、センパイ泣かないでくださいよー？」

「え、泣けんのコレ……うわっ、ＯＰから足生えた草が走ってる！　きめぇ！」

「こら。キモいとは何事っすか。彼はのちに世界を救う『大植物』なんすよ?」

「知らねぇよ、大英雄の植物版なんて語彙」

ぺしぺし触るようにツッコまれても困る。

「あっ、OPのここネタバレっす、センパイ観ちゃダメ!」

今度は両まぶたを手のひらで覆われた。生温かくてやわらかい感触に、眼球をつつまれる。眼精疲労がちょっと和らぎそう。

「……許可も取らずに塞ぐな、俺の視界を」

「あ、ごめんなさい。今度からは許可取りますねー?」

「言い方まちがえた。塞ぐな、俺の視界を」

妙にボディタッチの多いやつだ。こんな調子で、思春期の男社会を生きていけるんだろうか? そんな先輩としての心配も知らず、颯はくすくす笑っている。

「あのあのセンパイ、その体勢だと観にくいですよね。もうちょっとこっち、寄ってもいーですよ?」

「え? おー……」

くいくいと手招きをされたから俺は、らくに動かせる上半身だけをパイプ椅子側に寄せた。

すると、颯もまた、俺の方へ身体《からだ》を近づけてくる。

鼻孔をくすぐるシトラスの香り。なんかこいつ、無駄に良い匂《い》いがするんだよな……よほど高いシャンプーでも使ってるのか？

それに、ときどき触れる肩が、妙にちいさくて頼りないし。そのうえ柔らかいし……

「颯おまえ、もっと肉とか食べて運動したほうがいいよ」

「えっ？　このアニメ観てたら草食べたくなりません？」

ならねーよ。なったことねぇよ。

しかし、そう無邪気に微笑みかけてくる顔も、中性的を通り越して『美少女顔』といった趣《おもむき》で――

あれ、こいつもしかして女なんじゃね？

そんな疑問が俺の中に生まれたのだった。

※　※　※

颯の普段のファッションは、安物っぽいパーカーとジーンズに、ごっつい首掛けのヘッドフォンが特徴的だった。

下の名前も、どちらかといえば男性的。さらに一人称も『ボク』だから、俺は自動的に性別を男だと決めつけてたんだ。

しかし突如として浮上した女性疑惑。

その件について、異性との交友が多い有識者の意見を聞いた。

「ははは っ、諒介は考えが古いねえ。時代は多様性だよ～？　そういう男性もいるって」

相談相手である小野寺《おのでら》響也《きょうや》はそう言った。

病室の椅子に座り、腕を組んで脚も組んで、やけに偉そうな態度でそいつは続ける。

「第一さぁ、諒介は何年オレの親友をやってんの～？」

煽《あお》るような語尾の上がり方。

「あ？　何が言いたいの」

「ふふん。良い匂いがして、筋肉量のすくない美少年なら近くにいるだろー？　実例としてオレを見ろよ、この美しきオレを！」

「ナルシストの文句は聞き飽きてる。から見ない」

「見ろよぅ」

視線を病室の外にやると、響也は簡単に拗《す》ねた。中学からの付き合いだから、こいつの対処は慣れっこだ。

しょうがなく視線を合わせて、会話を続ける。

「でも確かに、おまえも女子に間違えられたりしてるよな」

「そうなんだよ！　同性からナンパされると対処に困る……いい加減、全剃《そ》りしようかなぁ髪。モテ避《よ》けにもなるし」

やや長い髪の毛を弄りながら響也は言った。元カノにこっぴどい振られ方をしてから、こいつは恋愛を避けるようになっていた。

お互い、トラウマのせいで恋愛が出来ないのは大変だよなぁ。口にはしないけどさ。

とにかく、だ。筋肉量のすくない美少年の実例を見せられちゃ仕方ない。

颯は男。その認識で問題なさそうだ。

「とりあえずまぁ、相談に乗ってくれてありがとな。響也」

颯に負けず劣らず中性的な顔をした実例が「いいってことよ！」と頷《うなず》いた。

※　※　※

入院生活もそろそろ終わりを迎えそうな頃。

今日も颯は病室にいた。

お見舞いに来てくれるのはありがたいんだけど、この子、放課後に遊ぶ友達いないんだろうか。

「ふんふふーん♪」

いまも鼻唄なんて歌いながら、俺の食事用テーブルを使って宿題をこなしている。

「おまえ、マジで欠かさず毎日来てるけど、そんな暇してんの？」

俺はついに本人に聞いた。

いくらなんでも頻度が多すぎると思うんだ。

「あらま、失礼な。ボクは友達の誘いを断ってまでこの病室に来てるんすよー？

……………。えっ、もしかして頻繁に通ってるの迷惑でした……？」

さぁっと顔を青くしてる。図々《ずうずう》しいんだかそうじゃないんだか。

「いいや、むしろ歓迎。来てくれてありがたいよ。もうすぐ退院だけど、よかったらその後も定期的に遊びたいぐらいだ」

「よ、よかったぁ」

ほっと胸を撫《な》でおろしてた。大袈裟《おおげさ》なやつ。

「ボク、センパイとの時間、居心地よくて気に入ってんすよね」

勉強の手を止めて、にひひーと笑いかけてくる。

「えっ。ああそう……」

なんだなんだ、素直で可愛いなこの後輩……同じ学校通ってたら、先輩として去年のテスト問題とか見せまくっちゃってたわ……

その後。俺はスマホで動画鑑賞、颯はせっせと宿題をするという、穏やかな時間が続いた。アニメを観ない日はゆったりとした空気になる。

まぁ、こいつと一緒にいる時間は、キホン何をしてても悪くない――

「つんつくつんっ」

悪いかもしれない。謎の擬音と共に脇腹を突っついてきやがった。

人差し指の先でちょんちょんと、入院生活で痩せた腹を押してくる。

「♪つんつんｙｏ、つんつんチェケラ、つんつんｓａｙ、ｈｏ！」

スクラッチしながら横揺れする颯。そいつの机（いや俺の食事用テーブルだけど）を見れば、宿題のページは全然進んでない。飽きてんじゃねえよオイ。

「俺の腹でＤＪすんな。宿題しなさい」

「なっ⁉　ボクのつんつん攻撃が効かないなんて！」

攻撃だったのかよ。じゃあガードしとけばよかった。

「あのー、センパイってなにが弱点なんすかー？」

「攻撃を仕掛けてくるやつに教えるわけねえだろ……いや、まあ、教えてやってもいいけど」

「えっ！　言ってはみたものの、あるんすか弱点」

意外そうな顔で、長い睫毛《まつげ》をぱちくりさせてる。

いい機会だと思ったんだ。颯《はやて》とは友人として長い付き合いになるかもしれない。知らせておいた方がいいだろうな。

「実は俺さ――異性が苦手なんだよ。少なくとも、自分からは触れないぐらいには」

「……は？」

ぽかんと口を開けて、颯は固まっている。

そりゃ、先輩がいきなり「俺は筋金入りの童貞です！」と宣言したようなもんだ。呆《あき》れられるのも無理はないか。

「まあ、こっちにも事情があるんだよ。過去に色々あって、気付いたら女子が苦手になってたんだ」

「はあ……はあ？」

まだ事情が飲み込めてない、みたいな顔してる。

詳しく経緯を説明したいけど、どうせ重くなるから今はいい。

たとえば昔、鬼ごっこで女子に『大きな傷』を付けてしまったことで、異性を傷つけるのが怖くなったとか——そんな詳細は、もっと仲良くなってからでいいんだ。

「これからも一緒に遊んでいきたいからさ、おまえには知っておいてほしかったわけ」

「そうなんすかー……んー。んー？」

今度はなにやら首を捻《ひね》って、納得いかなそうな表情をしている颯。

それから、ぱん、とひとつ手拍子。なにかを思いついたらしい颯は、俺にむかって手のひらを差し出した。

「それじゃあ、はい！　克服しましょう！」

「克服ぅ？」

「ええ、そうですそうです。試しにボクで、異性に触る練習をしてみたらー？」

中性的な美形がニマニマとした笑顔で言う。

こいつ、なんか雑にからかってきてるな……？

俺は躊躇《ちゅうちょ》なく、その細っこい手を摑《つか》んだ。

「え？」

「ん？」

「い、異性に触りたくないのでは？」

「触りたくないが？　おまえ、いくら顔がいい『美少年』だからって練習台にはならねーよ」

「え…………………」

今度はやけに長い沈黙だった。ど、どうしたんだろう。そんな渾身《こんしん》のからかいだったのか？

「あ、あはは、そうですよね！　あっ、ボク、今日はこれで失礼しようかなぁー……」

露骨に声の小さくなった颯は、素早く立ち上がりそそくさと宿題を片付けはじめる。

「えっ。いつもは面会時間のギリギリまで居るのに、ずいぶんと急じゃん。ごめんって。そんな気に障《さわ》る返しだったなら謝るよ」

「いえ、あの、そうではなく！　ええと、ハイ、ちょっとアレなので……それではセンパイ、また明日！」

逃げるような口調と歩調で、颯は病室から去っていった。

ぽつんと取り残される患者の俺。

にぎやかな場所がまた静かになってしまった。

「……ま、明日も来てくれるなら、その時に挽回《ばんかい》すればいいか」

しかし入院生活も残りが少ない。

もうすぐ退院なのが待ち遠しいよなぁ――同時に恐ろしくもあるんだけどさ。

家には義妹が、雛姫《ひなき》が居る。

俺を好いてくれてる異性。いろんな意味で傷つけたくない存在。付き合えない相手。

どこまでも問題を先送りすれば、自然消滅してくれるんじゃないかなぁという甘い見立てのもと、俺はまた、現実逃避的な眠りにつこうとした。

間章　颯ちゃん、自宅にて思考中

病院から徒歩数分のところにある賃貸アパートの部屋に、ボクは帰ってきた……訂正、わたしは帰ってきた。

気を抜くと、すぐに実家での一人称になっちゃう。気をつけないと！　都会の学校では女の子らしくするって決めたんだ。

「そう、わたしはわたし。ボクじゃない」

静かな部屋でひとり呟《つぶや》いて、一人称を矯正する。

「……ただし、センパイの前でだけはボク呼びでも良し」

最後にちょっとだけ付け足した。

あの人といると、つい気が緩んじゃう。

男兄弟に囲まれて育った、実家モードでのわたしが出てきちゃうんだ。

なんていうか、センパイとは波長が合うんだよね。

会話は弾むし、一緒にいて、すっごく落ち着くっていうか？

まぁね？　向こうがその気なら、付き合ってあげてもいいかなー？　ぐらいには好意的に思ってるよ。

正直なところ、〝勘違い〟されるようなボディタッチも、あえてしてました。

ぶっちゃけ落としにかかってました。はい。

「それが、まさか男の子だと〝勘違い〟されてるとはー……」

衝撃の事実だった。あまりのことに半ば放心状態になって帰ってきたよ。

いや、ね？　わたしも「センパイと居るの楽ちんだなー」と思って、格好を普段着のままにしたり、一人称もどしたりしてたよ？

でもさぁ、その〝勘違い〟は予想できなかった。道理でなにしても動じないと思ったよね。脈無しじゃんか。ちくしょう。

自暴自棄になってわたしは、ホームセンターで買ってもらった安物ベッドにどーんと飛びこんだ。お気に入りのぬいぐるみを抱いて、ごろんとしながら考える。

「センパイ、女の子苦手なんだー。触りたくもないんだー……」

なら、わたし達が仲良くなれたのは、男の子だと勘違いされてたから？

もし、もしも本当の性別がバレたら？

センパイと、今までみたいな気安い関係で、いられなくなるのかな……

「うーっ、嫌だ～」

わたしは泳ぐときみたいに足をバタバタさせた。ひとり暮らしだから、うるさい兄たちに「うるせぇ」と咎《とが》められる心配もない。好きなだけ暴れられる。

「……はーぁ」

ひとしきり嫌がった後で、壁に掛けられた制服を見た。

なんの因果か、諒介《りょうすけ》センパイと同じ学校のもの。

スカートのデザインが可愛《かわい》くて好きなんだけど——あのひとと会うときには着ていけない。

「……学校では、ぜったいに出会わないようにしないと！」

わたしの正体は、可能な限りあやふやにしよう。

性別がバレないよう、のらりくらりと立ち回ろう。

それがきっと、彼との関係を現状維持するための方法だった。

2　ひっそりと刺激的な木曜日

5月下旬の朝。不快な暑さに目を醒《さ》まさせられた。

「もう本格的に夏始まってんじゃん……」

布団《ふとん》をはねのけて俺は立ちあがる。

足首にほんのりとした違和感。ギプスの取れて久しい左足は、まだ完全な調子とは言えなかった。

時計を見ると、わりと遅刻しそうな時間帯。急いで登校の準備しないとだな。

薄暗い部屋から、明るい廊下へ出ると――

「――おはよ。諒介兄さん」

ちょうど制服姿の雛姫が通りがかっていた。

とびらを開けてすぐのところで、大和撫子《やまとなでしこ》といった趣《おもむき》の美少女との遭遇だ。ちと心臓に悪い。

雛姫はこれから登校するところみたいだ。この暑さの中、校則通りブレザーを着込んで

る。肩に掛けられた学生鞄《かばん》。長くて艶《つや》やかな黒髪が、廊下の窓から入ってくる陽光に照らされ、さらりと輝いていた。

「……諒介兄さん？」

うっかり見惚《みと》れてしまったのは反省点。

「あ、ああ。おはよう」

「うん。それじゃ、私は学校へ行くので」

ふいっと視線を外された。かなり素っ気のない態度。お願いの通り『俺を気にしない』ようにしてる雛姫は、すたすた横を通り去っていく。

そのまま廊下の角を曲がって――

「学校、行くからね」

曲がるかと思いきや、念を押すようにもう一度、俺に声を掛けてきた。

「え？　ああ、いってらっしゃい」

「うん。もう出るけど、私、亀ぐらい鈍足だからね。諒介さんが急いで追いかけてくれたら、よゆーで追いついちゃうかな。困っちゃうね。兄さんのことは気にしないよう努めてるんだけどな」

ちらちら、ソワソワ。耳にかかった髪の毛を指先でどかして、雛姫はいじらしげな視線を寄越してくる。いや「困っちゃうね」はこっちの台詞《せりふ》。

「あー。俺、いま起きたばっかだから学校行く準備してないし……どんなに雛姫の足が遅くても間に合わないな」

「……そっ、か。諒介さんのことは気にしてないから、いいけどね、べつに。うん……亀の歩速でいってきます……」

雛姫がとぼとぼと歩き去っていく。階段を降りていく足音も、とん……とん……と断続的なものだった。

そうあからさまに落ち込まれると、あれだな、流石《さすが》に心が痛むっつーか……すぐにでも制服に着替えて追いかけるべきか？

「い、いや待て、妹可愛さに折れるな俺」

誘われても一緒の登校はしない、前もってそう決めてたはずだ。

雛姫の親しげな態度が『家族愛』ではなく『異性愛』から来るものだとわかった今、その気持ちに応えられない俺は、ふんわりと彼女を遠ざけるしかない。

この調子でふわふわ狙っていこう、その恋心の自然消滅を。

「……準備するか」

立ち止まってたら遅刻する。階段を降りて、俺はリビングについた。

両親はもう仕事へ行ったらしく誰も居ない。

点《つ》けっぱなしの薄型テレビは、天気予報を映し出している。

晴れのち曇り、木曜日。俺の心は浮足立った。

今日は週に一度、颯《はやて》と放課後に遊ぶ日だ。

※　※　※

「あの！　赤座《あかざ》君！」

びくり。日直として黒板を消してると、クラスメイトの女子から声を掛けられた。驚きで肩があがったのはバレてないだろうか。

「どうしたの。俺になんか用事あった？」

対・知らない異性用の笑顔を貼りつけて振りむく。慣れきった作り笑顔。

「あーうん。そうなんだけどね～」

毛先をくるくる指で巻く、彼女の名前はたしか――え、なんだっけ。影山《かげやま》さん？　影宮《かげみや》さん？　クラスでも目立つ方の可愛い子なんだけど、正確には記憶してない。

とりあえずKさんでいいか。

「その……この前は掃除、代わってくれてありがとね！」

「ああ。気にしないでいいよ。困ってるみたいだったから、放っておけなくてさ」

どうしても外せない用事があるとかで、Kさんはクラスの女子たちに、掃除当番の代行を頼んでいた。そこに俺が立候補したという流れだ。

運悪く断られつづけて、傷ついていく異性の姿は見てられなかった。

「それで、ね。もしよかったらなんだけど！　今日の放課後、みんなでビリヤードに行かないかっていう話が、あって～」

Kさんはどこか詰まったような口調で言う。

その言葉の先が予測できてしまい、俺の緊張は瞬時に高まった。

「お、お礼として、赤座君も一緒に――！」

「うっわ、ありがたいんだけどタイミング悪いな！」

ネタっぽく大仰にのけぞる。

「ごめん。今日の放課後は俺、後輩の面倒見ないといけなくって！」

行きたかったけど都合が悪いことを全力でアピール。颯との約束が最優先だ。

「あー。そうなんだ……」

「いやホント、ごめんなさい。またいつか、みんなでビリヤードする機会でもあれば呼んで」

悪気ない笑顔で断っておきながら、その裏では心臓ばくばくだった。

せっかくのお誘いなのに、断って傷つけてたらどうしよう……ってさ。

「また今度ね。うん、オッケ！　黒板消しの邪魔しちゃってごめんねー」

Kさんはふりふり手を振って、友達の会話の輪に帰っていく。

「……すぅーっ、ふぅー……」

速くなってる心臓を落ち着かせるため、俺は大きく息を吸って吐いた。

大して仲良くない女子と喋《しゃべ》る度にいちいちこの調子だ。我ながら病的だよな。

まっ、慣れっこだからいいけどさ。とっとと黒板を消す作業にもどろう。

もう片方の日直の女子は、けさから仕事をしていない。「俺が全部やっておくから」と提案したからだ。

知らない異性は傷つけないように、なるべく紳士的に、明るく対応しておく。

それが俺なりの処世術だった。

※　※　※

昼休みの教室は相変わらず騒がしかった。うちのクラスは学食派が少ない。だから何を喋っても大して目立たない。

そんな環境の端っこで、メロンパンをちぎって食べてる響也《きょうや》が、何気なくこう言ったんだ。

「諒介の義妹ちゃん、最近とくに人気みたいだなー」

撒《ま》かれた話題の種は、最近の悩みの種について。もちろんこいつは雛姫《ひなき》が声優だと知っている。つうか全校生徒知っている。

「それな、確かに人気だわ。あいつ今期はメインの役をいくつも貰《もら》ってるし――」

「や、仕事じゃなくて学校での話！　こないだ、野球部で4番の先輩に告白されたらしいよ」

「へえ、それは初耳……それで？」

「すぐに振ったたって」

分かりきった結果だった。まぁあいつ、俺みたいな事故物件のことが好きらしいし。

「雛姫ちゃんは難攻不落だなぁ。名前どおりにお姫様だねぇ。なっ、王子様？」

「からかうなっての。俺は真剣に悩んでんだよ」

親友とも呼べる響也には、妹からの恋の矢印について相談済みだった。

メロンパンをちまちま食うこいつに、同性の友達はほぼ居ない（あざといしモテるから）。だけど異性の友達なら大量にいるんだ。その情報網はけっこう広い。

女子絡《がら》みのことについて経験豊富だから、今回の件での良《い》い相談相手と言えた。

「実際さー、義妹ちゃんの様子はどうなの？　そろそろ諦められた？」

「いや、朝から一緒に登校しようって誘われた。最近はアプローチがめっきり減ったけど、諦められてはないっぽいな」

「ふうん、手強《てごわ》いねぇ。いっそ付き合っちゃえば？」

飲んでたお茶を吹き出しそうになった。

「ば、馬鹿なこと言うなって。義理の妹で人気声優だぞ？」

付き合えない要素が多すぎる。両親からもファンからも疎《うと》まれそうだ。

しかも俺は過去のトラウマのせいで、病的なまでに異性を傷つけられない（自ら触れることも難しい）。

こんな奴《やつ》のどこにお付き合いをする資格があるんだろう？

そんな苦労を知ってか知らずか、響也は笑いながら言った。

「なら諒介《りょうすけ》さー、他に彼女作っちゃえよ、彼女」

「あ？」

「そしたら諦めさせられるじゃん？　オレ、校内でおすすめの相手教えられるよ。いやいや遠慮するなって、親友のためだからさ！」

「待て。俺が遠慮する間もなく盛りあがるな」

「そうだなぁ。オレの親友には、胡桃《くるみ》さん辺りがぴったりだと思うんだけどー」

「勝手なこと言うなって。つうか誰だよ胡桃さん」

「えっ？　諒介、他人に興味なさすぎでしょー。今年入ってきた新入生でも、雛姫ちゃんと同じぐらい人気じゃん。可愛くて、性格よくて、清楚《せいそ》だって」

「はあ。胡桃さん」

知らねー。興味ねー。釣り合ってねー。俺はミニハンバーグをもしゃもしゃ噛《か》んだ。ごくりと飲み込んで、ごちそうさまと手を合わせる。もうすぐ昼休みも終わりだ。

そのまま椅子にもたれかかって、この話を強引に結論づけた。

「万が一、胡桃さんだかナッツさんだかに告白されても、付き合う気はないから。つうか響也も知ってるだろ？　俺が女子苦手なの」

「それなりに知ってるけど。ふふっ、難儀だねぇ。オレとしては、諒介に恋愛を謳歌《おうか》してもらいたいんだけどなぁ」

酸《す》いも甘いも噛み分けてますみたいな物知り顔でニヤニヤしてやがる。鬱陶しい。窓の外に視線をやってスルーした。

「無視すんなよぅ」

すぐ拗《す》ねてた。お決まりのやり取りとはいえ、今日はどこか面倒くさい。

そう、面倒くさいことばっかりだ。恋愛も、トラウマも、なにもかも。

俺は目を閉じて、そういうことを考えなくてもいい放課後の時間に想《おも》いを馳《は》せた。
※　※　※

放課後の街は、教室なんて比じゃないぐらいに騒がしかった。

多種多様な人々が、各々《おのおの》の目的地をめざして通り過ぎる。

けれど俺たちは、いつものベンチに腰掛けて動かなかった。

ちっさいスマホの画面をふたり、肩を寄せあって覗《のぞ》き観る。

「はー、今週も面白かったっすね！【最強の釣りスキルを手にした俺、ヌシを仲間にして異世界で無双します】は」

エンディングテーマが流れはじめて、颯はうんと伸びをした。

「そうだな。とくにメインヒロインの声優がよかった。この子は今後も伸びるだろうな、うんうん。あ、ちなみにこいつ俺の義妹《ぎまい》ね」

エンドクレジットには、キャストの上から二番目に赤座雛姫の文字。主演級だ。身内贔《びい》屓《き》を抜きにしても良い演技だと思った。

「……その自慢は毎週聞いてるっすー。声優さんの話より、本編の話をしましょうよー」

「え？　ああ悪い、内容は覚えてない。カジキマグロが空飛んで山賊を突き殺してたところから記憶ない」

「ね、寝てんじゃないすか。そんな暴力的シーンでよく寝落ちできるっすね、もう」

ぺしぺしと触るようなツッコミをくらう。慣れてきたからボディタッチされても構わないけどな。相変わらず、柑橘《かんきつ》系の良い匂いもするけど気にしない。

俺が涼しい顔してたら、むぅっと頰を膨らませてる颯が、人差し指をいっぽんだけ立ててクルクル回しながら言う。

「センパイ、集中してなかった罰ゲームっす。さっきボクが買った激辛菓子はひとりで食べてください」

「え？　それはふたりで食うって約束だったろ。しかも新発売だって食いついてたのは颯じゃんか」

「ふふふ。その態度こそが、センパイを釣るための疑似餌だったとしたら……？」

「なっ——まさかおまえ！」

「ええそうです、はなからセンパイひとりに食べさせるために購入したんすよ！　その、余裕綽々《よゆうしゃくしゃく》な表情が歪《ゆが》むのを見たくてねぇ！」

こいつ、どこぞの悪役？　レジ袋からスナック菓子を取りだした颯《はやて》は、それをウキウキで開封した。隣りに座ってるだけで香ってくるツンとした刺激臭。

「あ、無理だ。無理無理無理無理。辛《から》いの苦手なんだって俺言ったじゃん。わざわざ甘ったるいコーヒーまで買ったんだぞ。おまえと一緒に食うために」

鼻を摘《つ》まんでしっしと遠ざける。

するとと颯は、血色のいい唇をあからさまにとんがらせた。ぶーぶーとか言ってる。幼い表情とブーイングだ。ふん、効かないね。

「マジでさ、本来なら激辛なんて見たくもないんだって。触ることすら無理だね。友達とのノリじゃなかったら、口になんて絶対しねえし」

「ふんふん、分かりました。『見る』のも『触る』のもNGっと。じゃーセンパイ、試しにちょっと目ぇつぶってみて？」

「あ？　あー」

言われた通りにまぶたを降ろした。

「口、開けて？」

「あ？　あー」

言われた通りにぱかっと開けた。

「はい。あーん」

「あ？　あーん……辛っ！　馬鹿、水水水ッ！　ちょ、洒落《しゃれ》にならん痛い痛い痛い！　あっやばい死ぬ！」

俺の遺言これかぁと思った（2回目）。

こいつ、口の中に直接ぶちこんできやがった。予測できてたとはいえ、なにが「あーん」だ。急いで甘いコーヒーを流しこみ相殺《そうさい》する。一口でこのダメージかよ、最近の激辛スナックはすごいな……

「友達とのちょっとしたノリで味覚失いかけたわ。おまえマジふざけんなよオイ」

「あはは っ！　大袈裟《おおげさ》ー。でも、センパイのそういうノリの良いところ、嫌いじゃないっす。むしろ好き寄り」

「…………」

そう爽やかな笑顔を見せられちゃ、溜飲《りゅういん》も下がるっていうか。

まぁ、本気で怒っちゃいないから、いいんだけどさ。

「つうか罰ゲームとか抜きにして、ふたりで食おうぜ。俺だけじゃ無理だって」

「そうっすね。では早速摘まんで……うひーっ、思ってたよりも辛いっ！」

颯は急いでコーラのキャップを開け、両手でペットボトルの中身を流しこむ。こくこく鳴ってるその喉は、俺のように隆起していない。

颯って、声変わりしてないけど何歳なんだろうか。中学生？　大人びた小学生？　今だって、制服じゃなく見慣れたパーカー姿だ（暑くないんだろうか）。

「なあ、颯」

「ぷはっ。え、なんすか？」

ペットボトルから離された唇が潤ってて、同性だってのに艶《なま》めかしい。

俺は目をそらしながら言う。

「その――」

おまえって何歳なの？

そう聞こうとしたんだけど、直前で思い直した。

そういえばコイツ、自分の話を全然しない。

アニメが好きなことと、実家は男兄弟が多いことぐらいしか聞いていないんだ。

これまでずっと、さっきの激辛スナック騒動みたいな、その場その場のしょうもないノリしか繰り広げてこなかった。

颯にはなにか、『自分のことを言えない事情』でもあるんじゃないか？

俺にも異性が苦手な事情はある。誰にだって仄暗《ほのぐら》い過去は存在している。

なら、いつもあっけらかんと笑う颯にも、きっとあるんだろう。

この新しい友達が事情を喋《しゃべ》りたくなるまで、俺は待っていようと思った。

「──俺の足首の怪我《けが》、そろそろ治りそうなんだよ」

「おー！　それはおめでとうございます、ぱちぱちぱちー」

「で、さ。俺も歩きやすくなってきたし、今度からはもっと色んな場所で遊ばないか？」

退院してからも週に一度は会うようにしてるけど、いつもこのベンチでアニメを観《み》てダべって、解散するだけ。それ以外のこともしたいなって思うのは自然だ。

「颯と、もっと仲良くなりたいんだ」

いっそ残りの青春を、男友達たちに費やしてもいいとすら思う。

そうやって過ごしていれば、雛姫《ひなき》も俺への恋を諦めてくれるかもしれない。

「そ、そーっすか。恥ずかしいこと直球で言いますねぇ、あははっ」

「あ？　いや言ったけど、そんな顔真っ赤にしなくてもいいじゃん。え、そこまで共感性羞恥を煽《あお》る発言だった？」

耳まで真っ赤に染まってる。な、なんだよ、そんな照れなくてもいいじゃん。やべえ、俺まで恥ずかしくなってきた。

「その、ええと、まあいっすよ。なら、次からはべつのところに行きましょうか。はい。あ、ぼ、ボク、そろそろ帰りますね」

「お、おー。そうな、またな」

どこか挙動不審になりながら、颯はそそくさと立ち上がった。逃げるように荷物をまとめてる。どこかデジャブを覚えつつ、俺は座ったまま見送ることにした。

「……あの。明日もおんなじ時間に会えたりしますか？」

見送るつもりでいたら、そいつはくるりと振り返って聞いてきた。

「ん？　週イチじゃなくていいのか」

これまでの慣習的に、木曜日にしか会えないものだと思ってた。颯はこくこく頷《うなず》いている。

「いいです、おけです。センパイがお忙しくなければ、それでお願いします。では、また！」

だーっと走り去っていく颯。俺の手元には激辛スナックが残された。

残していくな、こんな刺激的なもん。

明日、響也《きょうや》にでも押しつけようと思った。

間章　恋に落ちそうな颯ちゃんの指針

心臓がぎゅんぎゅんに高鳴って、そのまま弾《はじ》けちゃいそうだった。

センパイと別れてボクは——わたしは街の雑踏に素早く溶け込む。

一刻も早く、恋しそうな乙女から、通行人Aにならないと……じゃないと、センパイに惚《ほ》れちゃう！

街ゆく誰かのお喋りに負けないくらい、胸の奥がうるさかった。

「うう、なんで真顔であんなこと言えちゃうかな……」

諒介《りょうすけ》センパイの言葉が、頭の中で何度もリピートされてる。鼓膜からも離れてくれない。颯と、もっと仲良くなりたいんだ——だって。だってさ！

ああうん、センパイの発言が、友情を深めたい的な意味なのは理解《わか》ってるよ？

そうだよね。あのひと、直球でそういうこと言えちゃう性格だ。ここ何ヶ月かで分かってきてます、はいはい。

でも、でもさ？　正面からそんなこと言われたら、やっぱり嬉《うれ》しいよ。思わずときめいちゃった。

「……チョロいのかなー、わたしって……」

小声でぼやいたけど、そんなはずはない。

これまでの人生、誰が相手でも恋なんてしてこなかった。

だから、センパイのことは一方的に、余裕をもって落とすつもりだったのに。

「まさか逆に落とされかけるとはー……」

彼の発する重力に、いつの間にか引きずりこまれてたんだ。逃れる術《すべ》はすでになく、「センパイのいろんな表情を見たい！」といった想《おも》いは膨らむばかり。

いつでも年上っぽい態度は嫌いじゃない。わたしの冗談に向き合ってくれる気軽さも嫌いじゃない。一緒にいて楽しいところや、意外と優しいところは、まぁ好き寄り。

そう、好き寄りだよ。好きとは決して言い切らない。

うん、そうだ、恋はしてない……

勝てない戦に挑むほど、現代っ子なわたしは愚かじゃないんだ。

だってセンパイには、同居中の自慢の義妹さんがいる。赤座さん。赤座雛姫さん。

学校で一番の有名人。すっごい美人で大人っぽくて、ぜっさん活躍中の声優さん。

そして、ファン以外にも知られてるほど、筋金入りのブラコンさん。

兄ラブを公言する彼女が、この恋のライバルなのだとしたら？

「……勝ち目、ないよなー……」

そもそも男だと勘違いされてるわたしに、センパイと結ばれる可能性はあるの？

これまで頑張ってアプローチ仕掛けたけど、ほとんど涼しい顔してたし……

恋に落ちてはいないけど、最初から可能性がないって、なんかヤだなぁ……

あっ、やばい。目頭に熱い物がこみ上げてきた。

「……堪《こら》えろー。泣くなー。ダサいぞー……」

そうブツブツ呟《つぶや》いてたから、通行人がわたしの顔を見てギョッとしていた。

涙目の男装女子なんて、それはまぁ目立ちますよね。

「…………」

そうだ。性別を勘違いされてるから、わたしは異性が苦手なセンパイのそばに居られるんだ。

なら、彼の前でのわたしは『ボク』のままでいい。

恋に落ちかけてる事実なんてひた隠しにして、このまま男友達で居続けよう。

「…………。……いや、でも？」

まだ、彼を落とせる可能性はあるかもしれない。

悲観してたら降りてきた、一筋の光明。

もし、もしもだよ。センパイが『男友達のボク』のことを好きになってくれたなら？

わたしはもう、好意なんて隠しちゃうけど……向こうが勝手にボクへの恋心を芽生えさせてくれる分には問題ない。そうだよね？

「……よし」

周囲の喧騒《けんそう》に掻《か》き消えるほど、小さな小さな決意の声。

これからも控えめに、こっそりと、バレないようにアプローチを続けていこう。

それがわたしの——訂正、ボクの見出《みいだ》した唯一の、か細い勝機だった。

3　友情を味わう金曜日

帰りのＨＲが終わって放課後になると、俺の机に響也が近寄ってきた。それはもう真っ先に、ドタバタと。

「諒介ー、帰ろうぜ！」

机をばんと叩《たた》いて、荷物をまとめるのを催促してくる。女子との約束がない日のこいつは、こうして下校を誘いにくるんだ。

「悪いけど用事あるから無理」

俺はすぐに断った。颯《はやて》との約束が最優先だ。

「その代わり、食べかけのコレあげるから見逃して」

「ん？　何この赤色スナック菓子。まぁ貰《もら》えるなら貰うけどな！　いただきまーすぎゃあ辛《から》い!?　ひぃぃぃぃいいいい！」

疑うことを知らないアホの子は、口から火でも吐いてんのかってぐらいの速さで退散した。水飲み場に消火しに行ったんだろう。ご苦労さまです。

さて、この隙に颯に会いに行くか。

「ひ、ひどい目に遭った、何してくれてんの諒介！」

と思ったら唇を腫らしたそいつは恨みがましい目付きで即戻ってきた。

「何って……親友を騙《だま》し討ちして、置いてけぼりにしようとしただけだが？」

「主人公っぽい顔でひどいこと言うなよぅ！」

怒ったようなツッコミ。

「まったくもう……あ、でもコレ慣れたら美味《おい》しいんじゃない？　もっとくれてもいいよ！」

「す、すげぇなおまえ。俺食えねぇし全部やるわ」

「いぇーい。お礼に働いちゃうぞ」

そいつはコロっと表情を変えて、清掃係のために俺の机を教室後方に下げだした。ぱんぱんと手を鳴らし、ひと仕事終えた仕草をして、今度は見慣れた柔らかい笑顔。

「で、用事って何なのさ？　よかったらオレも付いていきたいな。暇してるし！」

「あ？　あー」

どうせコイツはこう言い出すと思ったから、激辛の罠《わな》で遠ざけようとしたんだ。断る方便もないしなぁ。

いや、そもそも何故《なぜ》俺は、響也が付いてくるのを拒んでしまったんだろう？

「…………」

ああ、アレだ。颯との居心地のいい時間が、良くも悪くも変質してしまうからだ。

そう思い至ったとき「小学生かよ俺は」と思った。しょうもない独占欲。

「べつに問題ないし、いいんだけど……おまえマジで来んの？」

「やけに渋るねぇ諒介。普段はどうでも良さげな二つ返事なのに珍し――はっ、さてはオレに隠れて恋人作ってたとか？　これからデートとか⁉」

ちげーよ。そいつの声量が無駄にデカかったから、近くに居たKさんが学生鞄《かばん》をドサリと落とした。うちの恋愛脳が驚かせてごめん。

「待って待って、一体どんな子？　オレの親友を幸せにしてくれるような誠実なやつじゃないと困るよ！　恋愛詐欺だったらどうする！」

「いや、ちげーって。毎度勝手に盛り上がんないでもらえる？　これから会うのは、ただの同性の後輩」

「ホントに～？　怪しいなぁ。嘘《うそ》かもなぁ。これはもう、実際に会って確かめてみないとな～」

あからさまに楽しんでる声音で、響也は疑っていた。

しょうがない。颯のことは、その内こいつにも紹介しようとは思ってたんだ。それが予定より早まっただけの話。俺は教室の出口に向かいながら言った。

「わかったよ。おまえも付いてきたら？」

「へへっ、やりぃ。男友達が増えるチャンス！　どんな子なのか期待しちゃうな～」

「あー、愉快めのちびっこい男子だよ。たぶん響也《きょうや》とも気が合うと思うわ」

こうして、颯との約束に新メンバーが追加される運びとなった。

※　※　※

そして街中。いつものベンチは埋まってたから、そのすぐ近くに突っ立って、俺たちは後輩の到着を待っていた。

「なー、その後輩くんっていつ来るの？　時間あるなら、いまからでも挨拶の菓子折りとか用意したほうが良《い》いかな⁉」

「はしゃぐなっての。約束の時間はもうすぐなんだけどな。……おっ、来た来た」

数多《あまた》の通行人のなかでも一際《ひときわ》オーラがある美男子（※先輩贔屓）が、ぱっと開いた手を宙に浮かし、いつもどおりフレッシュさ満点の笑顔を――

「センパーイ！　こ、んにち、は……？」

――見せると思ったら、だんだん笑顔が萎《しな》びていった。元気に上げられていた手も、途中で止まってる。早押しクイズのボタンを押す前みたいな格好。

「…………」

「………？」

え、なに。なんでここだけ時間止まってんの？

「う、ウッソぉ……信じられない。諒介《りょうすけ》、どういうこと？」

颯が現れてから固まっていた響也がついに発したのは、俺への追及の言葉だった。

「あ？　どうもこうもねえって。ただ同性の後輩が来ただけだろ」

なのに空気が凍りついてる方がおかしい。

「えぇっと、センパイ。同じ制服を着た、そちらのお連れの方は……？」

そして颯もまた、非常に気まずそうな様子。両手をもじもじさせて、顔を隠すように俯《うつむ》かせてる。

俺の見立てだと相性のよさそうな二人だったが、その第一印象はお互いに悪そうだ。

「えーっと、まずは紹介するわ。こいつ、俺の中学からの友達、小野寺響也。付いてきたがったから連れてきた。連絡もせずに悪いな。以後よろしくしてあげて」

俺は横に立つ友人に手のひらを差し向ける。

しかし響也は会釈《えしゃく》もせず、探るような瞳を年下の少年に向けたまま動かなかった。なんだなんだ、態度悪《わり》ぃなオイ。

「そんで、こっちが颯な。苗字《みょうじ》は知らない。入院中に知り合ったんだ」

「はやて……はやて」

名前を復唱する響也は、ふだん柔和な眼《め》を鋭く光らせて言う。

「やっぱりそうだ。キミって、もしかしなくても『くる――」

「あーっと！」

被《かぶ》せるように颯が声をあげた。

「お連れの方、どこか『苦』しいみたいっすね！　ボクには医学の心得がありますゆえ、介抱してきます！　センパイはしばしお待ちを。ささっ、どうぞコチラへー！」

「えっ。ちょっ」

早口の颯が響也の手をひっぱって、路地裏の方へと駆けだしていった。

ぽつんと取り残される俺。

なんだこれ、不可解なことばっかりだ。待てと言われたからしばらく待ったけど、二人はなかなか帰ってこない。

つうか、何？　どうして颯は慌ててたんだ？　響也の〝らしくない〟態度も気になった。

「……追いかけてみるか」

やつらが消えていった路地裏へと向かい、様子を窺《うかが》う——居た。二人はやけに神妙な顔をして向かいあってる。

お互い美形だから、まるで映画のワンシーンみたいだ。なんだか邪魔するのも憚《はばか》られて、俺は思わず足を止めた。

「——ははあ、なるほど？　そんな込みいった事情を聞かされちゃあ、オレは颯くんを応援するほかないね。警戒して損したよ」

「やー、話が早くて助かります小野寺さん！　さすが、女遊びのしすぎで刃傷沙汰が噂《うわさ》されてる色男なだけある！」

「ははは。褒められたのは嬉《うれ》しいけど、初耳だなぁそれ。えっ、オレ近いうちに刺されるの？　身に覚えないよ⁉」

内容はメロドラマみたいだった。モテる男って辛《つら》いんだなぁ（他人事《ひとごと》）。

それはいい。どうして颯は、あいつの女人気について知ってるんだろう。

実は知り合いだった、とか？　謎が謎を呼んでいるな……

訝《いぶか》しんでいると、そろそろ戻ってきそうな気配だ。

盗み聞きをするつもりはなかっただけに、出くわしたら気まずい。一足先にベンチ付近に戻っておいた。

「お待たせ、諒介！　いろいろ大丈夫みたいだから、さっそく颯くんと遊びに行こうぜ！」

「そうっすね、ボクの医学的ゴッドハンドで介抱しときましたんで！　さあさセンパイ、レッツらゴーっすよ！」

そいつらは先程のぎこちない雰囲気とは打って変わって、呑気《のんき》そうな笑顔を揃《そろ》えている。

さっきまで腹の探り合いしてた態度が嘘みたいだ。すっかり意気投合してるな。

「はあ。仲良さそうだけど、なんかあったの？」

白々しくも俺は質問した。あの話し合いだけで、どれだけ打ち解けたんだろう。

「んー、まー、ボクに心強い味方ができたといいますかー。ね？」

「そうそう。オレ、今日は颯くんのサポートに回るから。諒介は安心して、オレの存在をスルーしてくれていいぞ！」

「は？　はあ」

要領を得ない発言だったけど、まぁ、響也が勝手に盛り上がってるのはいつものことか。

俺は立ちあがって言う。

「なら無視して置いていくわ。行くぞ、颯《はやて》」

「はいっす！」

「ほ、ほんとにスルーすんなよぅ。颯くんも乗らないで！」

そして拗《す》ねた表情で付いてくるのも、いつものことだった。

まぁ不明瞭なことはあるけど、徐々に三人の空気に慣れ親しんでいけばいい。放課後も青春も、短いようで長いんだ。

こうして俺たちは、混雑しすぎてる夕方の街をうろつき出した。

※　※　※

まず足を運んだのは、颯のリクエストであるゲームセンターだった。

「うわーっ、当たり前ながら筐体《きょうたい》がいっぱい。こんな光景、田舎じゃなかなか見られないっすよ！」

「あからさまにテンション上がってら」

所狭しと並んでるUFOキャッチャーの機械に、颯は興味津々《きょうみしんしん》だった。目を爛々《らんらん》と輝かせてる。

「ボクって田舎の出ですし、中学時代は部活動ばっかりでしたから。こういう『娯楽〜!』ってカンジの場所には、あんま馴染《なじ》みがないんすよねー」

「へえ」

珍しい。颯が自己開示してる。俺のなかの好奇心がひょっこり顔を覗《のぞ》かせた。

「おまえ高校生だったんだ。てか何部だったの」

「サッカー部っす! ポジションはミッドフィルダー……って、いけない。これぜんぶ内緒でした」

秘密主義らしいそいつは慌てて口を押さえていた。べつに隠すようなことじゃないと思うんだけどなぁ。骨折する直前に見たあのシュート技術にようやく合点《がてん》がいった。

「んー、なんか景品でも取ってみる? ほら、お揃いのマスコットとか」

なぜか口数少ない響也が指さしたのは、女学生が鞄につけてそうな、狐《きつね》っぽいミニキャラクター。小型のぬいぐるみがお山を形成している。

「えっ、お揃いとかキツい発想だな……こんなん要らねえだろ。なあ?」

「……ほ、欲しくないこともないっすよー?」

後輩に同意を求めたら、消極的な否定が返ってきた。ま、マジで? 俺が少数派なの?

しかし、欲しいと望まれれば応えたくなるのが、先輩のサガだ。

「あそ。じゃあ取るか」

筐体に素早く硬貨を滑らせると、ポップなＢＧＭが流れだしてアームが操作を受け付けた。

俺は、台の左右から入念に内部を確認し、目標にアタリをつける。

そんな一連の動作を、颯はきらきらした瞳で見つめてきた。

「わぁっ、センパイすっごく手慣れてるカンジっすね！　もしかして、かなりの腕前だったり⁉」

「初プレイだけど」

「なんでそんな熟練者みたいな顔できんすか？」

「あ？　後輩の前でカッコつけたいお年頃だからだよ」

「……そ、そ、そっすかー」

なぜか言葉に詰まってる颯は置いておこう。戦いの火蓋はすでに切られてるんだ。

ここぞとばかりに集中し、取れやすそうな位置にいる狐に狙いを定めた。

昇降ボタンを押すと、てぃろてぃろと気の抜けそうな効果音が鳴り——目当ての景品の横にあった『無』を摑《つか》んだ。

「ああ、この筐体は駄目だな。アームの力が足りない」

「それ以前にセンパイの力不足っすよね？」

責任転嫁《てんか》にツッコミを入れてくるしっかり者の後輩だった。

余裕ぶって仕舞った財布を、俺はまた取りだす。

「ちょいミスったわ。いや任せとけって、次は取ってみせるから。コツはもう覚えた。こんなの、俺の観察眼によれば朝飯前なんだよ」

筐体にまた硬貨を滑りこませる（中略）アームが『無』を摑んで持ちあげた。一瞬で500円が消えた。信じられない。返してほしい。

「よしっ、撤退するか。狐のマスコットはこんど俺が手作りしてやるから、それで満足して」

「お、大口叩《たた》いてたわりに諦め早いっすねー……それよりセンパイ、手芸なんて出来るんすか？」

「いや。丸めたティッシュと油性ペンで作る」

「てるてる坊主《ぼうず》じゃないすかそれ……そんなハンドメイド、鞄《かばん》に付けらんないっすよ……」

可愛い後輩に正面から落胆されては、俺としても気落ちするというか。

「ったく」

しょうがねえなぁ、もう一回だけ挑んでみるか。腰に手を当てて、俺はＵＦＯキャッチャーと再び向かいあった。

「あははっ。諒介《りょうすけ》、そんな無理しなくていいよ」

すると後方で腕組みをしていた響也《きょうや》からストップの声。

「お揃いのマスコットが欲しいなんて、少し言ってみただけだからさぁ。なっ？」

美少年が意味深に笑って、もうひとりの美少年に目配せをする。颯はこくこく頷《うなず》いて言った。

「そうっすよ、センパイのお財布を犠牲にしてまで欲しい景品じゃないです。他のゲームに使いましょう。ねっ？」

「……わかった。そんじゃ、これがラストプレイな」

あえてそう宣言した。最後だと思うと、俄然《がぜん》気合いが入るな。いまの実力でみっつも取るなんて現実的じゃないけど、ひとつだけなら希望はあるはずだ。

俺はスティックを強く握りしめた。まぶたを閉じ、意識を集中させる——

「ていうか、もう見てらんないっすセンパイ。ちょっと失礼しますね！」

スティックを握る俺の手のうえに、柔らかい颯の手が乗ってきた。

「っ!?」

突然の接触。目を閉じていた俺はビビった。

こいつのボディタッチには慣れたはずだけど、この、他人の体温のあたたかみにはどうしても慣れない。

「あのですね。ボクが思うに、センパイは余計な力が入りすぎだと思うんすよ」

その力みを解《ほぐ》すように、颯の手が俺の手にじっと覆いかぶさっている。

「目標の狐さんは動いてません。たぶん、焦《あせ》らなくてもいいんすよ。狙いをしっかり定めて、一緒にボタンを押しましょう?」

「お、おー……」

そいつはにっこり微笑《ほほえ》んで、操作を先導してくれた。

「おっ、センパイの狙ってた狐ちゃんの頭上に着きましたね。はい、じゃあ行きますよ？せーの」

という掛け声と共にボタンを押せば、アームはすんなり降りていって、対象物を拾いあげた。

そして——抵抗もせずに運ばれた狐が、取りだし口にぽとりと落とされる。

センスある後輩のおかげで、ぬいぐるみをひとつだけ取れたんだ。

先輩としての威厳？　んなモンねぇよ。

「やったやった、無事に取れたっすね！　わーぱちぱちー」

「あ、ああ。全面的に颯のおかげだわ、ありがとな」

「いえいえ。取れそうな景品に狙いをつけたのは、センパイですから！　ボクはただ手を添えたまでですよ。センパイの力っす」

な、なんて謙虚なやつなんだ。俺の後輩ランキング（※俺調べ）トップの座は、これで不動のものになったな……

とか考えながら、俺は狐のぬいぐるみを響也に手渡した。

「えっ？　オレにくれるの……？」

「はあ？　なに意外そうな顔してんだよ。おまえが最初に欲しがったんだろ？　俺要らねーし、普段から相談とか乗ってもらってるし、お礼にやるわ」

「あー……そうか……ありがとな～？」

どうして欲しがってた物をプレゼントしたのに、微妙な反応を返されてんだ俺。納得いかない。

「わー、おめでとうございます小野寺さん。ぱちぱちー……」

そんで、どうして颯の表情も暗いんだろう。納得いかない。

「……諒介、よく鈍感って言われない？」

マジで納得いかないな⁉

どうやら颯も、そのマスコットを欲しかったらしい。なるほど。確かに俺は鈍かった。

とはいえ──

「そんな握りしめなくてもいいじゃん」

「えー？　いやいや、万が一にも落としたくないですし。もうめっちゃ愛おしいじゃないっすか、この狐ちゃん！　今日からうちの子だよー？」

手中の狐をなでて歩く颯は可愛《かわい》かった。ああいや、後輩としてな？

けっして「こいつぬいぐるみと並んでも顔小さいな……もうほぼ美少女だろ……」とか思ってない。嘘《うそ》だ。めっちゃ思った。

「あっ、センパイ！　次はボク、あれがやりたいっす」

「ん？」

颯の視線の先にあるのはダンスゲームだった。

地面のパネルを踏むのではなく、カメラで動作を認識するタイプ。

「これの難易度が簡単なものなら、足を怪我《けが》したセンパイも踊れると思うんすよ。どうっすか一曲、しゃるうぃーだんす？」

社交界の貴族みたいに恭《うやうや》しく手を出してきた。

「いや、出されても取らないけど？」

この場に淑女はいないんだ。不動の俺は、もうひとりの同行者に参加するよう視線を向けた。しかし響也も動く気配を見せない。

「あっ、オレはパスね！　お金持ってないからなぁ、一銭も！」

「そんな財力でゲーセンに来んな。つうか、そんな訳──」

言いかけたけどやめた。こいつの見え透いたウソを追及するほどの情熱はない。

なにを企《たくら》んでるのか知らないけど、どうせそのうち白状するだろ。

「はぁ……やるぞ、颯《はやて》」

「……！　はいっす！」

それを受けて颯は、後輩らしい返事をして走っていく。元気だなぁ。

怪我が治りかけなのもあって俺は、ゆっくりと後を追った。

颯はすでに筐体《きょうたい》にお金を投入し、難易度を選びはじめている。

「ボクは難易度ハードでやってみますねー」

「え、いきなり？」

「ふふふ、運動神経には自信があるんです」

不慣れな手つきで颯が選曲したのは、最近流行《はや》りのラブソングだった。女性目線で、恋が成就《じょうじゅ》した歓《よろこ》びをアップテンポに歌うやつ。

「ふうん。颯もこういうの聞くんだな」

アニソンじゃないのが意外だ。

「ええ、落ち込んだときによく……って、それはいいじゃないっすか。ほら、曲が始まっちゃいますよ！」

筐体のモニターには俺と、なぜか焦り顔の颯が映しだされていた。

フックのあるイントロが流れだす。画面内に表示されたエフェクトが、『ここに右手を置け』『ここで左手をあげろ』と言外に指示してきた。

「…………」

難易度かんたんを選んだから、あくびが出るほど退屈だな。

俺はプレイを止めて、視界の端で主張している颯の動きを見た。

「うおっ」

思わず声が出た。キレが良《い》い。そいつの動きは、ゲームに指示されてるものよりもだいぶ激しいものだった。たぶん、オリジナルの振り付けを入れてるからだろう。即興とは思えないクオリティだ。

夜空で弾《はじ》ける花火のように、瞬間瞬間のポーズが映える舞。

楽しそうに踊る颯に、俺はつい目を奪われてしまう――

「ふっ！　はっ！　とぉうっ！」

「掛け声に気合い入りすぎだろ」

なんとなく台無しだった。

「ふっ……はっ……けほっ……」

「そんでガス欠も早《はえ》ぇな」

サビに入る頃には体力が尽きたらしい、颯のキレは徐々に失われていく（地を這《は》うねずみ花火のしょぼしょぼとした最後を俺は思いだした）。

「ぜぇっ……た、立てません……もう限界っす～……」

そして一曲終わる頃には、床にへなへなと座りこんでいた。

「あ、あはは。ここまで体力が衰えているとは……このところ運動してなかったから、ヤバいなー……よかったら肩とか貸してもらえないすか、センパイ」

紅潮した顔で上目遣い。

妙な色っぽさを感じてしまい、俺は目を逸《そ》らしながら自販機の方を指さした。

「肩貸さない。あそこで水でも買ってきなよ」

「えぇー、そんなぁ、センパイひどいー……けほっ、けほっ」

「………。はぁ……ちょっと待ってな」

咳《せ》きこんで動けない颯の代わりにダッシュで自販機へと向かい、俺はスポドリを購入した。左足の違和感は後輩の不調のまえで気にならなかった。

「はい。これ飲んで休憩したら？」

「……えへへ、奢《おご》ってくれてありがとうございます、センパイ」

息も絶え絶えだというのに、にへら、という気の緩みそうになる笑顔だ。可愛かった。

……も、もちろん後輩としてな？

くそっ、最近は颯と居ると、妙に思考を乱されるな。いちいち可愛いだの色っぽいだのという印象を受けてしまう。

こいつは男だ。そして俺は、生まれてこのかた同性に恋したことはない。興味もない、はずだ。

颯はただの男友達、颯はただの男友達……困ったときは呪文のように念じておこう。

※　※　※

ゲーセンから出て三人で歩いていると、とある店の前に行列が出来ていた。看板の下にいくつかの花輪が並んでる。新装開店したラーメン屋らしい。

「あっ」

そのとき、俺の横でぐぅぅぅと腹の虫を鳴らしたのは、響也《きょうや》だった。そいつは無言で俺たちから離れ、列の最後尾へと並びはじめる。

「果たしてどんなラーメンが待ち受けているのか——楽しみだね、諒介《りょうすけ》！」

「金持ってない設定のやつが相談なく並ぶんじゃねーよ」

制服の背中を摑《つか》んで連れもどすと、響也は「ひぃーご勘弁を！」とか言ってた。そんな強く引きずってないから。

「颯はラーメン食う方針でいいの？　このあと、家族の作った夕飯が待ってるんじゃないの」

「ええと、ボクはひとり暮らしなので、そのへんは大丈夫っすよ！　気遣ってくださり感謝っすー」

「あそう」

高校一年生で、田舎の出で、ひとり暮らし。

颯のパーソナルな情報がどんどん埋まっていく。今日だけでずいぶん距離が縮まったなあと勝手に思った。

「んじゃ、行くか」

外食はありがたいイベントだ。遠ざけている義妹と食卓を囲むのは気まずかった——いや、雛姫《ひなき》あいつ、今日は生放送の仕事があるんだっけ？

まあいいや。俺は母親にメッセージを入れてから、ラーメン屋の行列に並んだ。


混雑した店内。その端っこのテーブル席に、大盛りの醤油《しょうゆ》ラーメンが運ばれてくる。

「これは……なかなかのボリュームだな」

なみなみ入ったスープを零《こほ》さぬよう、店員は慎重に器を置いていった。無骨に盛られた野菜がまた食欲をそそる。けど——

「おまえ、コレ食べきれんの？」

目の前に座る線の細い美少年に聞いた。

三人で同じメニューを頼んだんだ。響也は意外と食べる方だし、俺は大盛りじゃないと足りない。しかし颯はどうだろう。

「えー？　食べられますよー。お腹《なか》ぺこぺこです。もうがっつり行きたい気分っすね！」

「いやぁ、でもほんとに大丈夫？　無理してない？」

隣りの響也も心配そうに、胃袋の大きさ未知数の後輩を見てる。

「はい、こんなのズルズル行けちゃいますよ。男子高校生って、そういう生き物なんすよね？」

「んん～……まあ、そうだね。大半はそういう生態をしてるけどさ」

「なら、ボクにも大盛りは食べきれるはずです。心配ご無用――いただきます！」

たかが食事に気合いの入った様子で、颯は箸を持ちあげた。

数十分後。

「センパーイ、もう食べられませーん……けぷっ」

「言わんこっちゃない」

時間の空いた即落ち2コマだった。俺と響也が食べ終わってるのに、そいつの器にはまだ半分もの麺やスープが残ってる。メンマなんて手付かずだ。

けどまぁ、満腹なら仕方ないか。

「そんじゃあ残したら？　べつに、無理して食わなくてもいいだろ――」

「ちょっと待った！　諒介は『食品ロス』について考えたことはあるかな？」

「は？　急に何？」

横から社会問題らしきワード。

「まだ食べられる料理をあっさり捨てるのは如何《いかが》なもんかなぁ～っていう話だよ。オレは、廃棄されるこのラーメンのことを想《おも》うと……すごく悲しい！」

「感受性豊かでなによりだな。んじゃ会計するか」

「ひ、ひと芝居打ってるのに帰んなよぅ」

「……回りくどい。なにが言いたいんだ？」

「うん。颯くんのラーメン、食べてあげたらいいんじゃない？　あ、ちなみにオレはお腹いっぱいだから！」

笑顔の響也は、言い出しっぺの法則を無視して提言してきた。

まぁ腹はキツいけど、我ながら育ち盛りだ、食えはする。残すともったいないのも事実だった。

「べつに貰《もら》ってもいいけどさ……いいか？」

「えっ！　あ、はいっす。満腹っす、どうぞっす」

颯は遠慮がちに、すすすっと器をスライドさせてきた。

俺はまた箸を取り、一気にラーメンを啜《すす》る。少しぬるくなったスープが縮れ麺に絡《から》んでいた。

「ご、豪快な食べっぷりー。えと、センパイ、それ一応間接キスなんすけどね……？」

「ん。なに？」

「な、何でもなしっす」

ごにょごにょ言ってたけど、自分の麺を啜る音で聞き取れなかった。顔がどこか赤らんでいるのは、店内のオレンジっぽい照明のせいだろうか。

それはいい。いまは食べるのに集中しよう。俺は器に口づけ、魚介ベースの生ぬるいスープを飲み干していく。

「ちゅ、躊躇《ちゅうちょ》とかないんだなー……ないよなー……」

「まあまあ、いいじゃない。千里の道も一歩からだよ、颯《はやて》くん」

にやにやしてる響也が脈絡のないアドバイスをしてた。

そのやり取りに、どこか違和感を覚えたけど――無事に完飲して完食。

「ふぅ。ごちそうさまでしたっと」

さすがに腹がキツい。これは成し遂げた感があるな……記録しておくか。

俺はスマホを取りだして、空になったふたつの器にカメラを向けた。

「おっ、ＳＮＳに投稿する用？」

「たまにはな」

ぱしゃりとシャッターボタンを押す。その写真の端に、向かいに座る颯のピースが写りこんでいた。

「おまえのことは撮ってないよ」

「いえ、その記念写真にはボクも写り込んでおくべきなんすよ、ぜったい！　いつか見返して、今日のことを思い出したいんです」

ピースをぶいぶい向けたまま力説してくる。

まあ、元はこいつの頼んだラーメンだしなぁ。撮り直すのもめんどくさいし、いいか。

俺は『後輩の分も食べきった。満腹』という文字と共に、写真をそのまま投稿した。

※　※　※

駅に向かっていると、響也が数歩だけ歩道の先に出た。

「オレ、ここから近くのバス停で帰るから！　また月曜日な、諒介！」

「おー。また来週」

「颯くんも、今日はありがとう。これからよろしくね。オレ、応援してるから！」

「あ、あはは……どうもっすー」

響也は大きく手を振ってから、バス停の方へと歩いていった。

その背を見届けて俺は言う。

「んじゃ、俺らも解散するか。おまえ駅の方面じゃないだろ」

「……あの。もう少しだけ、一緒に居ませんか？」

今日の颯は帰るのを渋っていた。いつもは俺を置いて先に帰るくせにだ。

「その……本来なら、ふたりで遊ぶ日だったわけですしー？」

「一理あるな」

さて、どうしよう。このまま遊びを再開するか、俺は迷って天を仰いだ。

ビル群の背景に広がるは星のない夜空。本格的な夏の訪れも近いなか、暗夜の帳《とばり》は降りきっている。健全な高校生が出歩くには遅い時間帯。街のネオンは嘘《うそ》臭くきらめいて、後輩との心地いい時間を延ばせ延ばせと訴える。その誘惑を振り切って、俺は言った。

「そんじゃあ駅に着く途中までダべろう。遊ぶのはなし。それでいいか？」

「もちろんっす！　えへへ、よっしゃ」

ぐっと小さくガッツポーズしてる。解散を延長しただけでそこまで喜んでもらえるとは。

先輩冥利《みょうり》に尽きるな……

そんなこんなで俺たちはダラダラ歩きだした。歩幅は小さいのに、颯は飛び跳ねるような声音で喋《しゃべ》りだす。

「センパイ、再来月には夏休みですねー！　初めての都会での長期休暇ってことで、ボクのテンションはもう鰻登《うなぎのぼ》りっすよ！」

「ああ、そうだな。そのまえに期末テストがあるけどな」

「ヤなこと思い出させてくれますねー……テンション鰻くだりっす……」

「そんな言葉ないだろ、たぶん」

「あ、ちなみに『くだり鰻』ならありますよ！　鰻は秋になると産卵のため温かい下流へ向かうんすけどねー？」

「けどねー、じゃねぇよ。続くのその豆知識？　やめやめ、もっと楽しい話題に移ろうぜ」

「えー。たとえば何ですか？」

「夏休み、海と山ならどっち行きたい」

「えっ！　連れてってくれるんすか、やったー！」

「まだそこまで言ってねえよ。まぁ連れてくけども。んで、どっち？」

「海と山かぁ。究極の二択っすねー……ボク的には海がいいです！　緑は地元で見飽きてますからね。スイカを棒でかち割ったりしてみたいっすー」

「オッケ。なら響也も誘って千葉辺りに行くか。つうか泳ぎとか久々だなぁ。水着、新調しねーと」

「あっ、水着。水着かー……センパイ、センパイ、やっぱり海はやめておきましょう。全身が塩臭くなってしまいます」

「き、気まぐれだなオイ。ならおまえ、どこに行きたいわけ？」

「んーと。海は駄目だし、山は見飽きてるしー……時代は空っすね、天空！」

「そんなＲＰＧみたいな第三の選択肢ある？」

「ありますよー。スカイダイビングって、実は３万円ぐらいで体験できるんです。センパイ、空いけます？」

「空いけないし、空行かない。もっと地上から楽しめる方向で頼む」

「えー。では、プラネタリウムで夏の星座を勉強したのち、小高い丘にのぼって夜空を眺める……といった方向で妥協しますかー」

「妥協どころか超いいじゃん。最高の夏の思い出になりそうじゃん。めっちゃロマンチックだなそれ。まぁ、フツーは男友達とするイベントじゃないだろうけど」

「やっぱりやめましょうか。恒星とかいう遠くで光ってるだけの石見るために行動するのは、タイパ悪いっすからねー？」

「き、気まぐれにも程があんだろ！　ロマンはどこ行ったんだロマンは！」

突如として冷めだした若者だった。ほんと、摑《つか》みどころねぇなこいつ……？

そんな雑談をしていたら、いつの間にか駅前だった。なにも決まらないまま目的地だ。

けっきょく颯は夏休みどこに行きたいんだろう。俺は息をついて本心を漏らした。

「——俺的にはさぁ、もっと颯のことを知りたいと思ってるわけ」

「は、はい？　え、どういう意味っすか……？」

「そのまんま」

ほとんどの質問が気まぐれに躱《かわ》されている、そう感じた。

その、おちゃらけた秘密主義を取っ払ってしまいたかった。

「もっと教えてくれよ。颯のことを」

「え、えええええっ……!?」

颯はたじろいでいたけど、こっちは至って真剣だ。

この手のタイプには、遠回しに当たっていても真に仲良くなれない。

「ううっ」

俯《うつむ》いたままの颯。答えを迷っているのかもしれない。数秒ほど無言が続く。

やがて両手の人指し指を、くるくる糸車でも巻くみたいに遊ばせながら、そいつは口を開いたんだ。

「ええっと、そういうことなら……明日は土曜日ですし、一緒に汗でも流しましょうか……？」

「は？」

一緒に汗を流すということになった。

4　苦い過去と甘酸《あまず》っぱい接近の土曜日

休日の朝はだらけるのが俺流の過ごし方。ということで、俺はベッドの上でスマホをぼんやりと眺めていた。

再生してる動画は昨夜のアーカイブ。TVアニメ【妖怪ちゃんと僕は、おどろおどろしい恋をする。】の特別生放送だ。

芸能人みたいに着飾った雛姫《ひなき》が無表情で座っていた。

「ははっ、俺の妹がいちばん目立ってんなあ……良くも悪くも」

雛姫がカメラで抜かれるたびに、コメント欄では『可愛《かわい》いのに顔死んでて草』『いつもより表情暗くね？』『姫ー！　笑ってくだされー！』などとイジられている。

「さ、続いてのテーマは〈最近あった怖いこと〉です！　皆さん一斉に、回答をお書きくださーい！」

ＭＣであるベテラン男性声優が、こなれた様子でコーナーを進行していく。横並びの女性声優たちは和気藹々《わきあいあい》としながらフリップに書きこみをはじめた。

「ん……？」

なんだ、雛姫の手が飛び抜けて速いぞ。あらかじめ回答を決めてたかのような速度だ。

俺の言葉をメモる時みたいに、しゅばっと書いてしゅばばっと手を挙げた。

「おーっと早い！　それでは、赤座《あかざ》さんの〈最近あった怖いこと〉です。どうぞ！」

「兄のＳＮＳの投稿に写ってた、知らない女の匂わせピースが、怖いです……」

「反応しにくい回答だー！」

コメ欄の流れも一気に速まった。『ブラコン出たｗｗｗ』『ブラコンおつ』『姫様ー！

兄上殿に靡《なび》くのはやめてくだされー！』

キツめのファンが付いてるのはともかくとして。

「俺の投稿が怖い……？」

知らない女の匂わせピースって何のことだろう。

寝起きの頭で記憶を手繰り寄せ——ああ、きのうのラーメン屋での颯《はやて》のアレか、と思い至った。

「フッ、雛姫も性別を勘違いしてたら」

まぁ無理もないか、颯は性別を超越して可愛いからなぁ。控えめなチョキの指先からも可愛いオーラが漂ってるほどだ。あっ、いや！　もちろん後輩としてだけどな？

「くそっ、また颯に思考を乱された……出かける準備でもするか」

アーカイブの続きは後で観よう。スマホを置いて、俺は立ち上がった。

颯との約束の時間までに、シャワーぐらいは浴びておかないとなぁ。

俺は部屋を出た――

「お、おはよっ、兄さん」

――下着姿の雛姫がいた。

「ん？」

理解できなかったのでドアを閉じた。

さっきまでスマホの中にいた芸能人の半裸が飛び込んできて、脳の処理が追いつかなかったんだ。

試しにもう一度ドアを開けてみる。

「……再びおはよ、諒介《りょうすけ》兄さん」

確認してみたけど、どう見ても雛姫は下着姿だった。

蠱惑《こわく》的な紫色のランジェリー。透き通るような白い肌が、胸の辺りで大人顔負けの双丘を作っていて、シンプルに目に毒なのだなあ（感嘆）。

「………」

思考が混乱してる。まあ、まずは落ち着けよ俺……心を落ち着かせるんだ。美人すぎる義妹が、色仕掛《いろじか》けで悩殺しにきたから何だってんだ？　大問題だな。

「お、おはよう雛姫。ところで、服はどうしたんだ？　着忘れてるみたいだけど」

平静を装《よそお》って俺は聞いた。

「うん。暑いから、部屋に置いてきたよ？　脱衣所で脱ぐのも、億劫《おっくう》だから、ね。ふぅ、あっつい、あっつい……」

ぱたぱた手で顔を扇《あお》いでる。暑がる雛姫は耳まで赤いけど、現在の天気は曇りだ。むしろ涼しい方だった。恥ずかしいなら色仕掛けとかやめよう、お互いのために！

「そ、そういう格好は控えた方がいいと思うぞ。男家族の前だと、ほらアレだ、はしたないし」

「……兄さんのことは『気にしてない』から。このまま脱衣所まで行かせてもらうよ？」

こいつ反抗期かよと思った。

しかし『しばらく俺のこと気にしないで』とお願いした手前、その論理はまかり通ってしまう。俺は早々に説得を諦めた。

「まぁ、シャワー浴びに行くまでならいいけどさ……風邪引かないように、普段から半裸で歩きまわったりはするなよ」

「……えへっ、えへへっ。気にかけてくれてありがとう、諒介兄さん」

鋼鉄の無表情が熱で溶けたような笑顔。

引きこもってた雛姫の介護をしてたときの名残から、素で心配してしまった。好感度上げるような発言してどうするよ。

「今日の収録もがんばれそう。ふふっ」

笑顔の雛姫はとんとんとんとリズム良く階段を降りていった。

その恋心は、まだまだ冷める気配がないみたいだ。

「これは、長期戦になりそうだな……」

その恋心がふんわりと自然消滅するまで、気は抜けない。

報われることのない想《おも》いに望みを与えるなんて、酷な話だからな。

※　※　※

寝転んでいる颯が、にこりと微笑《ほほえ》みかけてくる。

「ふぃー、気持ちよかったっすね、センパイ……」

「体力切れるの早すぎだろ。何やりきった感じで休憩してんだよ。ほら立て、続き行くぞ」

「わぁ、ドS。ボクが疲れた理由として、センパイのテクが下手すぎるのもあるんすよー？」

「それは……悪かったって。こっちも病み上がりなんだから、ある程度しょうがねぇじゃん？」

「それもそうっすね。にしても、ふたりきりのパス回しは味気ないっすねー」

颯と約束した『汗を流す』とはサッカーボール遊びのことだった。

ところで途中、俺らの会話を聞いてた通行人が顔を顰《しか》めてたのは何故《なぜ》だろう。

「はー、疲れました」

あの日怪我した河川敷《かせんじき》で、颯は横になっている。汗だくだ。俺のノーコンのせいで、無駄に走らせてしまったんだ。

「よっ、と」

掛け声とともに、颯は上体を起こした。

近くに転がっているボールを、座った体勢のままリフティングし始める。

「ふんふふーん」

鼻唄まじりのボールコントロール。ぴたりと足に吸い付く、なんて表現があるけど、まさにそれだ。取《と》り零《こぼ》すことなく地面に着地させない。

「おー、素直にすげぇ。流石《さすが》は元サッカー部だな」

「へへっ、昔からテクニックだけは褒められるんすよねー」

肩に乗せて顔近くに運んできたボールを、アシカみたいに鼻先で持ちあげる。

手で回転させたそれをおでこまで転がして、ヘディングの要領で打ちあげた。

地面に両手をついた勢いのままスプリングを効かせて身体《からだ》を起こし、胸元でボールを受け止めようとして――

「あ、いまの一連の動作で体力持ってかれました」

また後方に倒れた。それから、力無げに手のひらを差しだしてくる。

「センパーイ、もう立てなーい……手ぇ貸してほしいっすー」

「あ? 貸さないよ。そんぐらい自分で立ちな」

「うー、もっと優しさが欲しいっす。めそめそめそ……」

「ちょ、泣き真似《まね》はやめなさい。俺が年下を泣かせたっつって通報されかねないから。

……しょうがねえな。少し待っとけ」

前夜に仕込んでおいたブツがあるんだ。

適当に地面に置いといたリュックから、俺はタッパーを取りだした。

「ほら、蜂蜜漬けのレモン。運動で疲れたと言ったらコレだろ。おまえ体力なさそうだったから作っといたわ」

「……優しいのか優しくないのか、どっちなんすか、もう」

ジト目の颯は座ったまま、俺の脛《すね》にぺしぺし触るようないつものツッコミをしてきた。

「すごく嬉《うれ》しいんですけどー、食べるのダルいっす。センパイ食べさせて？」

やがて、そいつは小さくあーんと口を開けた。きれいな歯列が覗《のぞ》いてる。

「しょうがねえ後輩だな……ほら」

フォークに刺したレモンを口元に近付けると、颯はぱくりと食いついた（餌やりという言葉が浮かんだけど黙っておいた）。

「うへへー。いいなー、甘酸っぱいなー」

機嫌を直したのか弾《はじ》けるような笑顔。

「そりゃ良かったなぁ」

俺はそいつの横に腰を下ろした。

涼風の吹く土曜の河川敷。曇天の下でふたり、重たい空を眺める。

なんだか無言がこそばゆくって、俺は口を開いた。

「つうか、颯ってマジで体力ないよな」

「ええまあ、お恥ずかしながらー。というよりですね、体力のなさに関連した昔話をするために、センパイと球蹴りがしたかったんすよね」

「あれ？　そうだったのか」

秘密主義らしい、段階を踏んだ遠回しの自己開示。

それから颯はゆっくりと、慎重に、言葉を紡《つむ》いでいく。

「ボクって、昔は大病を患《わずら》っててー……あ、いまは治ってるんですけどね？　身体のあちこちが、他の人よりも弱くなっちゃったんすよ」

パーカーの袖を捲《まく》ったそいつは、細っこい二の腕をぺしぺし触りながら言った。

その疲れやすさの理由は、病歴によるものもあったのか。

「あー……ごめんな。さっきも手を貸しときゃよかったか」

「あ、いえ、お心遣い感謝です！　それに同情を誘いたかったのではなく——ええと、単純に、知りたがってもらえたから、知っておいてほしかったんすよね」

颯はまた足でぽんぽんとボールを蹴りだした。

「中学時代のボク、サッカー部の中でも期待されてたんです。監督からも気に掛けられてました。テクニックだけはありましたから一」

「……なのに、フィジカルがなかった？」

話の流れから予測すると、颯《はやて》は悟ったような微笑で返してくる。

「ええ。『前半戦』だと活躍できるのに、時間が経《た》つと露骨にバテちゃうんすよ。それで、試合中はベンチで見てることが多くって……大事な試合でも、負けていくチームを見てることしか出来なくて。だからボク、『後半戦』って苦手なんすよね。もう試合したくないから、高校では部活やめちゃいました。逃げたんすよ」

「そうか」

颯のことを知りたがった癖に、俺は、なんて返したらいいか分からなかった。

先輩として、気の利《き》いたことを言ってやりたかったけど――浮かばない。

「あはは。湿っぽくなっちゃいましたね、ごめんなさい」

とっくに息の整った颯が、だらりと脱力して立ち上がる。

「それでは再開しましょうかー。今度は、ボクからボールを奪えたら勝ちとか！」

「いや、待って。湿っぽいどころか本当に降ってきたわ」

ぽつ、ぽつ、と冷たいものが頬に当たる。

雨滴が皮膚ではじける頻度は徐々に増していた。にわか雨かもしれないけど、避難した方が良さそうだな。

「あら、急な悪天候ってイヤですねぇ。今日のところはもうお開きに――」

「なあ颯。ここから俺の家近いんだけど、寄ってくか？」

「は、はい⁉」

寄っていくということになった。

※　※　※

両親は仲睦《なかむつ》まじく出かけてるし、雛姫《ひなき》は仕事だ。誰に説明する必要もなく、俺は颯を自宅に上げた。一室の入り口を指差して言う。

「あそこが脱衣所と浴室な。とりあえずシャワー浴びてきたら？」

「ひゃ、ひゃい」

驟雨《しゅうう》に襲われてしまったせいで俺もこいつもずぶ濡《ぬ》れだ。颯のいつものパーカーも変色してしまっていた。

「着替えは俺のを置いておくから、それを着てくれ。ああ、体格が合わないからブカブカだと思うわ。悪《わり》いな」

「ひゃいっす」

「おまえ普通にひゃいって言ってない？」

「す、すみません、最初に噛《か》んだのが恥ずかしくってつい……では、先に浴室をお借りしますね」

そそくさと颯は脱衣所に入っていった——と思ったら、ひょっこりと顔だけ出してきて言う。

「申し訳ないんですけど、着替えはドアの前に置いといてほしいっす。それと、ぜったいに覗いてはなりませんよ！」

こいつ恩返しにきた鶴かよと思った。

「わかった。覗かねぇよ。あとドライヤーは洗面台近くにあるから、それ使って」

誓いと助言を聞き届けた颯は、こくりと頷《うなず》いてドアを閉めた。

ったく、神経質だなぁ。他人の裸体なんか覗くわけないっつの。

俺は自室へと向かい、スポーツタオルで身体を拭いて、クローゼットの中を物色しはじめた。適当なシャツとズボンを取りだして脱衣所に向かい、入り口に畳んで置いておく。

ひと仕事終えたし、雛姫の放送の続きでも観て待ってようかな。

アーカイブを観終えても、颯は出て来なかった。

「遅《おせ》え……」

お湯浴びるだけの行為にいつまで時間掛けてんだあいつ。

また脱衣所に向かって、俺は手の甲でノックした。

「もしもーし。まだか？」

「えぇっと、着替えは終わってるんすけどー……こ、心の準備が出来てないといいますか……もうすぐ出ますので！」

「あっそう。言い忘れてたけど俺の部屋、階段あがってすぐだから、そこ入ってきて。隣り妹の部屋だから間違えないようにな」

言い残して、俺はまた部屋に戻った。

数分後。

「……遅ぇなあ」

それでも颯は来なかった。何をそんなに気構えすることがあるんだろう？

すると、遠慮がちに階段を上ってくる音。ようやく来たか。スマホを弄《いじ》りながら俺は、開いたドアまえの来訪者に声を掛けた。

「俺の濡れてた箇所が自然乾燥したわ。おまえ、どんだけ時間掛けて――」

その先の言葉を紡ぐまえに息を呑《の》んだ。

「なっ、なんで下を着てないんだ⁉」

顔の赤い颯は、俺のシャツをぐいっと引っ張ることで下半身を隠していた。

「あはは、その、何度穿《は》いてもズボンがゆっくりずり落ちてしまいましてー……あ、あんま見ないでもらえると助かるっす」

「いや、見ねえけど……」

だって、ぶかぶかのシャツ一枚だけの颯はもう『彼氏の服を借りてる彼女』にしか見えない。いや、我ながらキモい発想だけど、そうとしか見えねぇんだって！

「い、言ってくれたらベルトぐらい貸すわ。そういやあのズボン、腰回りゆるいんだった。ちょ、颯おまえあっち向いてて」

俺は急いでクローゼットから予備のベルトを探そうとした。

そのとき階段の下から柔らかい呼び声。

「ただいまー。諒介《りょうすけ》くん居る～？」

「げぇっ」

本当にまずい状況のとき俺はげぇっと言うらしい（新発見）。

「やべぇ、母親が帰ってきた……！」

「えっ。お母さまが？　あ、挨拶しないとじゃないっすか。ボクちょっと行ってきますね！」

「ちょっと行くな、ちょっと待て、自分の格好を鏡で見てくれ……！」

「……そうでした！」

半裸の後輩（女顔）と部屋でふたりきり。何を言われるか分かったもんじゃない。雛姫にこのことが伝われば、どんなややこしい誤解を生むだろう。

「諒介くーん？　見慣れない靴があるけど、誰か来てるのー？」

義理の母親が階段をあがってくる。

「と、とりあえず隠れとけ……！」

「ひゃいっ……!?」

颯の細い腰を摑《つか》んで、布団《ふとん》の中に入るよう誘導した。そして俺もベッドにイン。不自然な膨らみは足を組んでるよう見せかけてカバーする。

雛姫似の女性が部屋に入ってきた。

「諒介くん？　あれっ、女の子の声がしたと思ったんだけど」

「ああ、俺がやってたゲームのボイスかな。見慣れない靴は雛姫のだと思いますよ、あいつお洒落《しゃれ》だから。で、何か用ですか？」

「あ、用って程じゃないんだけどね。下に買い物の袋を置いていくから。仕分けておいてほしいの。私たち、また出かけないといけなくて」

「ああハイ、分かりました。気をつけていってらっしゃい」

作り笑顔を向けながらも、内心では焦《あせ》りまくっていた。

颯の柔らかい太ももが俺の足を挟んでジッとしている。控えめな吐息が定期的に、俺の脇腹にふぅーっと当たって――変な気分になりそうだ。

「あれっ。諒介くん、その布団動いてなぁい？　それと、妙にこんもりとしてるような……？」

「ああ、アレですかね。中で足組んで貧乏ゆすりしてるから」

義理の母親は「そうだったのね～、血行にいいわね～」とか言いながら部屋を出ていった。て、天然気味で助かった。あれでバリバリのキャリアウーマンだっていうんだから、世の中見掛けに拠《よ》らない。

「……もう出てきていいぞ」

「…………」

のそりと布団から脱出した颯は、部屋の一点を見つめたままボーっとしている。

「お、おい颯？　この短時間で熱中症になったとかじゃないだろうな」

「……湯気、出るかと思いました」

「ご、ごめんって。いきなり匿《かくま》っちゃって悪かったな。アイスとか持ってくるから、ここで待ってて」

「……あ、はいっす」

暑さで顔の赤い颯を置いて、俺は部屋から出た——謎に速まっている心臓を押さえながら。

くそっ、ただの接触に惑わされるな！

「颯はただの男友達、颯はただの男友達……！」

俺は自分に言い聞かせながら、階段を降りていった。

「今日はありがとうございました。お邪魔しました」

「あ、ああ。またな」

雨の止《や》んだ玄関先で、俺は手を挙げた。

颯はぺこりと頭を下げたけど、依然として伏し目がちなままだ。

あの一件から最後まで、俺たちの会話はどこかちぐはぐだった。

レースゲームとかで遊んでみたけど盛りあがらないまま終わったしなぁ。一位と二位で並んだ大接戦すら「や、やったー」「あー、悔しい」といったヘボいリアクションしか起きなかったし。

「まあ、色々ハプニングもあったけどさ……また、遊ぼう」

「そーっすね……。…………。あの、センパイ！」

颯《はやて》は意を決したように面をあげた。

「よかったら、明日ボクの家で遊びませんか？　そこで重要な話ができればなと」

「はあ。重要な話ってなに？」

「それは……ひみつっす」

血色のいい「う」の形の唇に、颯は指先を当てる。

その仕草に、思わずドキリとした。だからドキリとすんな俺。何をバグってるんだ俺の心臓は！

最近なんか調子がおかしい。変だ。マジで変。颯の家へは行かないほうがいいかもしれない。断る理由を俺は探して、ひとつだけ思い当たった。

「あ、待って。明日は俺、誕生日の前日でさ、妹から毎年『兄さんの誕生日前夜パーティー』を開かれてるんだ」

「す、すごい義妹さんっすねー。…………。当日は諦めるので、ボクもセンパイの誕生日の前夜祭、祝いたいなー」

「よし、遊ぶか。あいつには断り入れとくわ」

俺は可愛《かわい》い後輩に対してちょろいところがあった。

「いいんですか？　えへへ、やった。では、詳細は追って連絡しますね！　また明日です、センパイ！」

颯はぶんぶん手を振って今度こそ帰っていった。

その背を見送って、ぽつりと呟《つぶや》く。

「最後の方は、いつもの俺たちみたいな会話が出来てたな」

けど、意識しないと普段どおりの会話が出来ないって、どうなんだろう？

このままだと颯を好きになってしまう可能性が……ある。確かにある。困った。もし好きになってしまったら――どうしよう。

「こ、恋なんかに落ちてたまるか……！」

恋愛なんて出来ないし、する気もないんだっての！　急いで自室に戻って、俺は大学ノートを開いた。

雛姫《ひなき》が普段やってるみたく、大事な言葉を書き留めておく。

「颯はただの男友達……！　颯はただの男友達……！　颯はただの男友達……！」

同じ言葉を唱えながら何度も書きこみ、速まる鼓動を抑えつけようとした。

帰ってきた雛姫が「に、兄さんがおかしくなっちゃった……！」と親に相談するまで、その写経は続いたのだった。

間章　ただの男友達の火照《ほて》りが冷めるまで

ボクは住宅街を走っていた——訂正、わたしは走るしかなかった。

風を受けることで沸騰した感情を冷却しないと。じゃないと、きっと爆発しちゃう。

「すっごく！　すっごく緊張したー……！」

センパイの普段着に包まれて、センパイのベッドの中に招き入れられた時、頭がくらくらした。いや、ほんとにね？　倒れそうだったよ。

偽ってる性別がバレないか、不安だったのもあるけど……念のため、胸が小さくなるブラ着けといてよかった！　だいたい、あの時ズボン穿《は》いてなかったからね、パンイチだからね⁉　バレたら痴女だよ！

「いや、バレなくても痴女だよっ……！　わぁぁぁーっ……！」

河川敷《かせんじき》を走りながら、夕陽《ゆうひ》にむかって叫んだ。

Ｔｈｅ・青春みたいな構図だけど、実態はただ恥ずかしがってるだけだった。『ボク』でいると、いつもより大胆になれちゃうんだよね。

「…………ふー」

ちょっとクールダウンしてきた。

わたしは河川敷の斜面に座りこんで、川の流れを見ながら呟く。

「センパイ、あさって誕生日なんだー……」

明日の誕生日前夜パーティーの準備をしなくっちゃ。

このところ、ときめくイベントばっかり続いてる。

「いつまで続いてくれるのかな……」

気になるのは、ライバルの義妹さんの存在。うかうかしてたら何もかも手遅れになってしまう。そんな気がした。

「……やっぱり、打ち明けちゃおうかな」

ありのままの自分でセンパイと仲良くなりたい。そう思ってしまった。

もう、現状維持だなんてヌルいこと言ってらんない。

明日のパーティーのどこかで打ち明けるんだ——

わたしが女の子なんだってことを。

5　後悔の日曜日と、それから。

ぱぁんっ‼

「⁉」

外出の準備を終えて部屋から出るとデカい破裂音がした。

「おめでとう諒介《りょうすけ》兄さん……今日が十六歳、最後の日だね」

雛姫がクラッカーを鳴らしてきたんだと気付くのに数秒かかった。

「しゅ、襲撃されたかと思ったわ。雛姫おまえ、連日俺のこと部屋のまえで出待ちしてるよな？」

「ううん。諒介兄さんのことは気にしてないから。待ち伏せなんて、しないよ？」

「俺のこと気にしてないなら、その頭に被《かぶ》った帽子は何なんだよ」

三角コーンみたいな形の縞々《しましま》のパーティー帽を頭上に乗っけていた。クラッカーといい、どんだけ俺の誕生日（前日）に気合い入れてんだこの妹。

「これは、お気に入りのコーディネート、かな？」

「だとしたらダサすぎんだろ。ファンが聞いたら泣くぞ、マジで」

「ふふっ、冗談。諒介さんのことは気にしてないけど、諒介さんの誕生日のことは気にしてるから、こうして祝いに来た次第。当日も盛大に祝っちゃうよ？」

ぐっ、と握りこぶしで決意を見せられた。俺の生まれた日だけは気にしてるってどういう理屈？

「あ、それとね。今年は『誕生日まえケーキ』を予約しといたから。あとで食べよーね」

その文化に馴染《なじ》みねーよ。

「あのさ、雛姫。今日は俺、男友達の家で祝ってもらうことになってるんだ。直前に伝えることになってごめんな」

「え…………」

ぽとり、と使用済みクラッカーが廊下に落ちた。飛翔《ひしょう》済みのテープが物悲しい。

傷つけてしまった――そう認識した途端、背中に冷やりとしたものが伝う。

一刻も早く弁明しろと、無意識の底で何かが命令してくる。

「と、当日はもちろん、雛姫と過ごすからさ！　そこんところは安心して」

「そう……なんだ？　うん。わかった。だれと過ごすも兄さんの自由だものね。誕生日まえケーキは、私が責任を持ってどうにか食べるね……」

「ま、待て待て、しょげるな。俺が明日ふたつともケーキ食べるから！」

「ホールサイズなんだけど」

「前日頼んだにしては気合い入りすぎだろ！」

俺の胃もたれが確定した。

「でも、諒介兄さんと当日を過ごせるなら、いいよ……いってらっしゃい、楽しんできてね」

取り繕ったような笑顔だけど、なんとか沈んだ顔をさせずに済んだ。

この調子で、ふわふわと傷つけないまま立ちまわっていくぞ！

※　※　※

古びたアパートの二階、表札のないとびら、その横に備えつけられた真新しい呼び鈴を、俺は押した。

「颯の家ってここで合ってんのか……？」

メッセで送られてきた住所や部屋番号は、ここが本日のパーティー会場だと示している。

だけど、颯の姓と表札を符合させられないから、部屋間違いを犯してないか不安だった。

つうかアイツ苗字《みょうじ》ないの？

しばし待っていると、中から家主が現れた。

「やー！　どうもこんばんはですセンパイ！　来てくださって誠にありがとうございますっ。狭苦しいところですが、どうぞ中へ‼」

「狭苦しいっつうか暑苦しいっつうか。やけに気合い入ってんなぁ颯《はやて》」

「それはもう、敬愛するセンパイのお誕生日前夜っすからね！　おもてなし準備は万全っすよー？」

意気揚々と喋《しゃべ》りながら、手招きで中へ誘ってくる颯。招かれるがまま部屋にあがった。

ひとり暮らしに適した狭めのワンルームは、物が少ないけど整理整頓されてる。男子高校生のひとり暮らしっつったら散らかってるイメージだったけど、マメなんだなぁこいつ。

なかでも目を惹《ひ》いたのは、背の低いテーブルの上に乗った、丸くて薄い紙箱だった。中からチーズの香ばしいかおり。

「あっ、ピザ取っておきましたー。豪勢に大ボリュームのやつっす。代金は要りません、誕プレです、今日はボクからの奢《おご》りっす！」

「ああ？　こんな高価なモン受け取れねぇって。金なら出すけど？」

「うわー、センパイの先輩力が有頂天！　あはは、そういうことなら20％ぐらい徴収しときましょうかねー」

「いや、２００％出すけど？」

「そ、それだとボクが儲《もう》かっちゃってんすよ。もー、奢りたがり禁止！　センパイは主役なんですから、素直にもてなされてください！　気遣いも禁止！」

床に座るよう促された。落ち着かねえなぁ。

俺はきょろりと部屋内を見回し、ベッドの脇に追いやられてる謎の毛玉（大きい）を発見した。

「あ？　なにこれ。ケセランパサランのぬいぐるみ？」

「わーっ、いきなり隠したものを見つけないでほしいっす！　センパイは部屋の物色も禁止！」

なんかワーワー言ってる。しかしこいつの部屋、ほんとうに物が少ないなぁ。まるで、どこか一箇所に隠した後みたいだ。

俺の注意は、唯一の収納である押し入れへと吸い寄せられた。

「あのあのセンパイ、押し入れ見るの禁止です。ボクの部屋に興味もつの禁止。というかもう、ボクのこと以外は見るの禁止っす」

「どんどんルールが追加されていく」

こんな窮屈なパーティーあるんだと思った。あと最後の禁止事項はドキドキしちゃうからやめてほしい。こいつが可愛《かわい》すぎるからだ。あ、もちろん後輩としてな？　颯はただの男友達。颯はただの男友達。

そう、男相手に遠慮する必要はない。

じいっ。俺はあえてルールに従い、颯からいっさい目を逸《そ》らさなかった。

「……せ、センパイ？」

颯はきょどきょど視線を泳がせて、えへっと照れ笑い。「やめましょうよー」とかヘラヘラした対応を取る。

それでも俺が見つめるのをやめないと分かると、颯は逆にムッとして、負けじと俺を見つめだした。

ピザの匂い漂うワンルームで、俺たちはただ瞳を向けあう。まさに男と男の意地のぶつかりあいだ。負けるわけにはいかない。

「…………」

つうか、目ぇ綺麗《きれい》だよなぁこいつ。肌もきめが細かい気がする。眉のカットも丁寧だ。よく見れば髪質もさらさらだぞ？　収まりのいい小鼻だし、唇も相変わらず艶《つや》やかだった。

――あれ？　観察してみたらこいつの顔、男らしい要素ないじゃないか。

「……ど、どこ見てんすか。センパイのえっち」

ぼけっと唇を見ていたら、手のひらで隠された。

どこか赤らんだ頰。気付けばその視線は、非難するような色を含んでいる——えっ、何このセクハラしちゃったみたいな空気。

「い、言いがかりはやめようか颯、なっ？　ただ唇を見てただけで、んな、エッチな意図とか皆無だからな⁉」

颯はただの男友達だ。なのに俺は慌てて弁明していた。なぜだ。

気まずい空気に根負けして、目線をあさっての方向へ避難させる。すると、対面からは嬉《うれ》しげな声。

「ふふーん。引っかかったー」

すぐに視線を戻す。両手の離れたその唇は、きれいな三日月を描いていた。

「センパイの負けです。いぇーい、ボクの勝ちー！　色付きリップ塗っといてよかったー！」

にっひーと小憎たらしい笑顔をかましてきやがる。こ、こいつ……！

颯には時折、先輩を手玉に取ってくるところがある。よくないな。非常によくない。俺は教育的指導として知らんぷりすることにした。

「ん？　勝ち負けってなんの話だ？　そもそも俺戦ってないし。ただ禁止ルールに則《のっと》ってただけだよ。てか腹減ったわ、さっさとピザ食おうぜ」

「あーっ、センパイずるいっす！　逃げるのずるい。ずるいずるいー！」

颯が膝立ちで移動してきて、ぺちぺち触ってきたけど効かない。ははは、無視してピザ開けちゃおう。

さっき覚えた違和感は不要なので忘れることにした。

※　※　※

目覚まし代わりのバイブ機能で、俺の意識は覚醒した。

外でチュンチュン鳴いている声。両親には「泊まらせてもらう。早朝に帰る」とは連絡を入れといたけど、まさか、寝落ちするほど盛り上がってしまうとは……

「うわっ、起きたくねぇーな……学校行きたくねー……」

背中に固い感触を感じながら呟《つぶや》いた。雑魚寝《ざこね》で身体《からだ》が痛い。

目を開けるのもダルい。起き上がる気すらしないほど全身が重たい。とくにお腹《なか》のあたり。

「頭も痛《いて》ぇし……」

ただのコーラでも酔えるお年頃だ。当然ふつか酔いではないけど、少し騒ぎすぎたかな。颯とピザを食べて、アニメ観《み》て、トランプして、持ってきたレースゲーをして（今度は盛り上がった）、そのあと深夜に寝落ちしたんだ。

「…………」

そういえば、颯の大事な話ってなんだったんだろう？

何度か切り出そうとしてたみたいだけど『また後にしましょうかー。この空気に水差したくないですし』と教えてくれなかった。

ま、話したくなったらでいいんだ。

颯との仲はこの数日でグッと深まった。あいつの望むタイミングで、いつか聞ければいいなと思う。

それはそれとして。

「さっきから重たいのは何だ……？」

柔らかくて重量のある物体が俺の上に乗っかっている。

しょぼしょぼとする目を開けて、俺はその正体を確認した。

「……なんだ颯か」

腹部に颯の上半身が覆いかぶさっていた。すぅすぅと寝息を立てる整った寝顔が、カーテンのすき間から漏れる光に照らされている。こいつ寝相悪《わり》ぃなあ。

「まぁ、いいか……」

払いのけて後輩の眠りを妨げるわけにはいかない。

身体が弱いっていうのに、きのうはエネルギー使い果たす勢いではしゃいでたからな。そっとしておこう。

俺はそのまま、怠惰な二度寝に入ろうと、また目をつぶったが――

「うぇへへ……センパーイ……」

がしっ。颯が寝言を言いながら、抱きまくら代わりに俺をホールドしてくる。

「…………あ?」

無視できない強烈な違和感。

「……なんだ、それ」

男性特有のごつごつとした感触じゃない。

柔らかすぎるふにょんとした物が、俺の腹部に押しつけられていた。むぎゅぅっと颯が抱きついているから、すこし硬い感触の奥で、どうやらむにゅりと変形しているご様子。

その感触の正体に、俺は気付いた。

気付いてしまったんだ。

「こいつ胸あるな」

それから颯は下半身ごと、木登りするコアラみたく俺にしがみついてきた。ぎゅっぎゅっ。ズボンの下、のっぺりとした股ぐらが押しつけられる。

「てかチ○コないわ」

そこに鎮座してるはずのブツが行方不明だ。

いや、そんなもの最初からなかったんだろうな。

つまりまあ、アニメのタイトル風に言うと【可愛い男友達だと思ったらフツーに女友達だった件】ってところか。

そういえば颯本人には、性別の確認をしてなかったなぁ。

そりゃ「うへへー」とか寝ぼけて笑ってるこの表情も可愛すぎるわけだよ。道理でな。

節々で無視できない違和感を覚えるはずだ。うんうん。

「…………（おわっ、おわああああああああああああ!?）」

俺は声にならない悲鳴をあげた。

な、なんつー致命的な勘違いをしてたんだ、今まで！

じゃあアレか、俺いま、異性と一夜を共にしてたの!?

いや、それだけじゃない！　ラーメン屋で間接キスしたり、蜂蜜に漬けたレモンをあーんしたりしてなかったか⁉

他にも、半裸のこいつをベッドに匿《かくま》うとかしてた気がする！

「（ぐ、ぐわぁぁあああああああああああああ）」

颯《はやて》との思い出が、遅効性の毒みたく全身を駆け巡っていた。

異性だとわかってたら、んな、恋愛に繋《つな》がりそうな行動はしてないからな⁉　絶対してないからな！

「すっ、すすす、すぐにでも帰らないと」

勘違いが解けてしまった以上、もうこの部屋には居られなかった。防衛本能が逃げろ逃げろと訴えてる。

くーくー寝ている颯を慎重に引きはがして、俺は、壁に手をつき立ち上がろうとする
――あっ、これ押し入れじゃん。

開いてしまった隙間から、押し込まれたであろう普段着のパーカー等が垣間見《かいまみ》える。一番うえに乗っかってるパンツは薄い水色だった。ははっ、俺が来るまえは部屋汚かったろこいつ。笑ってる場合か！

俺は慌てて押し入れを閉めてから、颯の方を確認した。そいつは綺麗すぎる寝顔を無防

備に晒《さら》している。も、申し訳なさすぎて直視できない。

スマホを取りだして『性別など、色々と勘違いしてました。無神経な行動で傷つけてしまってたらごめんなさい』という書き置きメッセージを急いで飛ばす。よし帰ろう、超特急で帰ろう！

「おっ、おお、お邪魔しました――……！」

半分パニックになっている俺は、急いで玄関の靴を履き、颯の家を後にした。

早朝の閑静な住宅街を走る。全速力で飛ばしても、異性を傷つけてしまったときの罪悪感はこびりついてて、置き去りにすることはできなかった。


その後、十七歳の誕生日は抜け殻同然の状態で過ごした。学校では誰とも会話できず、授業も頭に入ってこない。

颯が女性だと知ってショックだったが、それ以上に、真の性別を知っただけで他人行儀なメッセージを送っていた自分にショックだった。

いまだって、誕生日パーティーの豪華な食事を前にしてなお、上の空な自覚がある。

「♪ハッピバースデー、諒介《りょうすけ》にいさーん。諒介にいさーん。言いつけ通り気にしてないけど今年も健やかに生きてね、諒介にいさーん。さ、蝋燭《ろうそく》の火を消して？」

「はぁ」

「ため息で火を消されるとは……諒介兄さん、大丈夫……？」

どうして逃げてしまったんだろう。一日も経《た》ってないのに後悔しきりだ。

半分パニックだったからって、正面から颯の話を聞くべきだったんだ。

たとえば、颯の肉体は女性でも、精神は男性なのかもしれない。

もっと考えを働かせる必要がある。そう思った。

「……大丈夫。次はしっかり向き合わないとな」

「うん、よかった。ケーキはもうひとつあるから。こっちのはふぅーって消してね？」

「ん？　ああいや、そういう意味じゃ……まあいいか」

雛姫《ひなき》が取りだした2個目のケーキの蝋燭を、俺は細い息で消した。

気持ちを新たにして考えよう、颯と俺の関係性について。

※　※　※

深夜3時。寝れないベッドの上。ぼんやりとした脳味噌《のうみそ》を無理に回転させて、考えてみる。

いつから異性への苦手意識がここまで大きくなってしまったんだろう、ってさ。

きっかけはハッキリしてる。

かつて赤座《あかざ》諒介は無敵だった。

男子からも女子からも、別《わ》け隔てなく親しまれる四年三組のスーパースターだ。

放課後も、性別なんて関係なく、誰彼かまわず仲間に入れて公園で遊んでいた。

遊びの中心。クラスの輪を形成する核の役割を担《にな》っている――ま、そこまで大袈裟《おおげさ》な認識じゃなかったけど、幼いながらにそう感じていたんだ。

こうした日々が続いていくんだろうと信じて疑わなかった。

日常は些細《ささい》なことで崩れる。

ある日の昼休み、俺は鬼ごっこを提案した。みずから鬼に立候補したのは、足の速さを誇示したかったからだと思う。ちいさな世界のしょうもない自己顕示欲。

グラウンドを逃げ回るクラスメイトたちを追う。タッチ。か弱そうな少女の背中に触れる。配慮が足りてなかったんだろう、彼女は勢いよく膝から転んでしまった。

当時俺が好きだったその子は、大粒の涙を流して叫ぶ。想い人を傷つけてしまったショックで俺の頭は真っ白だ。言葉が、喉から出てこない。

女子たちからは非難の嵐。立ち尽くす俺は、少し遅れてから謝ったけど……保健室で処置を受ける涙目のその子から、許しは貰《もら》えなかった。失恋だった。

そうして、学ぶ。二度と異性を傷つけてはいけないと。

対策は簡単だ、触れなければいい。俺は、女子にかまうのはやめようと思った。

『諒介くん、さいきん誘ってくれなくなったね』

クラスの女子が言ってきても誤魔化した。

『ねえ、なんで？　嫌いになった？』

知らんぷりをした。

『わぁぁーん、諒介くんが喋《しゃべ》ってくれないー！』

そしたら泣かれた。どうしろと？　幼い俺にはまだまだ配慮が足りてなかったんだ。こうして四年三組のスーパースターは失墜した。

物理的に触れないだけじゃ不十分だ。

精神的にも触れちゃいけない。恋愛なんてもってのほかだ。

俺は異性との間に、無色透明な壁を作るようになっていた。

表向きは紳士的に対応。その裏では、傷つけていないか怯《おび》える毎日。

そんなことを繰りかえしてたら壁は徐々に分厚くなっていた。

気付けばこんな状況だ。気のおけない友人だった颯からも、条件反射で逃げだすほどの苦手っぷり。

このまま終わっていいとは思わない。

「たとえどれだけ苦手でも、俺は……颯と……」

ようやく睡魔が襲ってくる。

大事な結論を出せそうなタイミングで、俺は、深い眠りにいざなわれるのだった。

※　※　※

木曜の朝――颯と毎週のように会っていた曜日が来ていた。

この数日であいつに何回かメッセージを飛ばしたりしたけど、既読すら付かない。

無視の理由は、逃げだした俺に愛想《あいそ》を尽かしたからか。あるいは、ずっと性別を勘違いしていたことを知って、怒りに震えているからか。

「……しょうがないよな」

それでも俺は諦める訳にはいかなかった。

数日まるまる考えて、ようやく出せた結論をあいつに伝えたい。

今日の放課後には、いつも待ち合わせてる繁華街のベンチへ行こう。居なかったら、颯の家に直接行って――

「ん？」

計画を立てながら登校したら、俺の靴箱に紙切れが入っていた。

え、なにこれ、折り畳まれたノートの切れ端？　赤座くんの靴箱はゴミ箱じゃないんだけど。

恐る恐る開いてみたら、書き殴ったような汚い字でこう書いてあった。

『昼休み、西校舎の裏まで来てください。胡桃《くるみ》』

「なんだ。ただの果たし状か」

こんな汚い字体の手紙、繊細さのない大木みてぇな男が書いたに決まってるよな。時代錯誤もいいところだ、行くわけないだろ。

「……待てよ？」

くるみ、クルミ、胡桃？　差出人の名に聞き覚えがあるな。

ああ、思いだした。雛姫に次いで人気らしい、一年生で可愛いと評判の子だ。先週あたり響也《きょうや》が話題に挙げていたっけ。

そして、うちの学校の西校舎裏は、告白スポットとして有名だった。

「え、告白でもされんの俺？」

悩みの種がまたひとつ増えた。

※　※　※

告白は、ずるい。一方的に俺を恋愛という負け戦に引きずりこんでくる。

こっちは異性が苦手なんだから、その土俵にはそもそも上がれないっていうのにさ。

またトラウマが増えるのを覚悟しつつ、西校舎裏へとたどり着いた。

「…………」

誰も居ない。俺は心底ホッとした。

まぁ、冷静に考えてみればそうだよなぁ。悪戯《いたずら》に決まってる。

胡桃さんとかいう未確認美少女が、俺なんかに一目惚《ひとめぼ》れするはずがない。さ、戻って昼飯でも――

「動くな」

冷たい感触。俺は「ひっ」と声を漏らし、反射的に背筋を伸ばす。

背後から、首筋に何かを押しつけられている。

「もし動けば、大変なことになると思え」

凛《りん》としたソプラノボイスが俺を脅しにかかっていた。突然の非日常。というか、その聞き覚えのある声は――

「え。何やってんの、颯《はやて》」

「わっはっはっ！　命が惜しけりゃ大人しくすることっすねー、センパイ！」

くだらん三文芝居だった。

「やべぇ凶器を突きつけられてるなら、白旗あげるけど。これ今なにを首に押しつけられてんの？」

「こんにゃくっす」

こいつ脅し方おばけ屋敷《やしき》かよと思った。

「ど、道理でぬるっとしてるわけだわ。だいたい、なんで颯が学校に居るんだ」

数日ぶりの再会とはいえ、その不法侵入はちょっと見過ごせない。

「それに俺からのメッセージも未読無視してたし、ちょっとそのツラ拝ませて――」

「あーっ、まだ振り向いちゃダメっす！」

首筋にこんにゃくをベチョっと押し当てられた。柔らかくて弾力のあるちいさな壁が、はっきり俺を拒んでいる。なんだその抵抗の仕方。

「い、今のボク、センパイの命運を握ってるというテイじゃないと、喋れないぐらい、緊張してるので。せめて、上の立ち場に立たせてください」

顔は見れなかったけど、そのか細い声は震えていた。どうやらネタじゃなくマジらしい。

深呼吸する颯が落ち着くまで、俺は待つことにした。

「……まずは、えっと。その……すみませんでした」

「え？　なんで颯が謝罪するの。謝るのはむしろ俺の方で――」

「いいえ、ボクの方です。騙《だま》していてごめんなさい。センパイに男の子だと勘違いされてるって、知ってました」

わりと衝撃の事実。

「その誤解を、利用してたんです。異性が苦手と聞いたあの日に、気付きました。それでも隠していたのは、センパイと仲良くしたかったから……」

首筋の冷たい感触はそのままに、制服の背中部分がきゅっと握られる。

「月曜の朝に目が覚めて、隣りに居るはずのセンパイが居なくって……書き置きを見てから過《あやま》ちに気付きました。もっと早くに『大事な話』として、ボクが女の子だってことを打ち明けてればよかったんです」

ああ。パーティーの日に颯は、俺の誤解を解こうとしてくれてたのか。

背後のそいつは申し訳なさそうに言葉を続けた。

「お泊まり会をした日に、その、センパイに抱きついた記憶は、おぼろげにあるんです。お、おっぱい当てちゃったからバレたんすよね⁉」

「そうだけど、あ、あんまり猥褻《わいせつ》なことばを大声で言うな、どこで誰が聞いてるか分からないだろうが！」

パーカーの下に隠れていた〝意外とある〟感触を思い出し、つい動揺してしまった。颯はただの男友達……じゃ、ないんだよな。

「それを言うなら俺も、か、間接キスとかしちゃったし。改めて、色々と無神経だった。ごめん！」

「い、いえっ、センパイは悪くないんです。男性だと勘違いしてたのですから、そういう事故もあります！」

「フォローしてくれようと、事故は事故だろ。それに勘違いが解けたあとも、颯と正面から話し合えず、書き置きだけして逃げちゃったし」

「いえっ。センパイは、自分から触りたくないほど異性が苦手なんすよね？　それなのに、隠して泊まらせちゃってたボクが悪いんです！」

「フォローすんなって、俺が悪いから！」

「ボクが悪いっす！」

こんな謝罪合戦になるとは思ってなかった。

これじゃあ埒《らち》が明かないな？

「……そんじゃあ、どっちも悪かったってことで、ここはひとつ」

俺は振り向かないまま、首元で脅しつけてくるこんにゃくを不意打ちで奪った。

颯は「あっ」とか言ってたけど、気にせず奪って口に運ぶ。

俺たちを隔てていた壁は、実のところ無味無臭だったんだ。

ごくりと呑《の》み込んで、最も伝えたかったことを言う。

「俺さ。異性とか同性とか関係なく、また颯と仲良くしたいんだよ」

俺は確かに異性が苦手だ。過去のトラウマがどうしようもなく邪魔をしてくる。

それでも、こいつとの縁が切れるのは嫌だった。

颯が男でも、女でも、無性別でもいい。

また、ただの友達同士に戻りたかった。

数日かけて出した単純な結論。そんな偽らざる気持ちに対する、颯の返答は――

「……その前に、ボクの昼ごはん奪ったのを謝ってほしいっす」

「えっ、このこんにゃくが昼飯だったの⁉　もっと肉とか草食べたほうが良《い》いよおまえ」

「ボク的にもそうしたいんすけどねー？　誕生日前パでセンパイを喜ばせたくて、豪華なピザ頼んだせいで節約しないとでしてー」

「だから払うって言ったのに。ふふっ、しゃあないな」

一連の流れで、つい俺は笑ってしまった。

気の抜けそうな毎度のノリは、きっと颯からの遠回しな返答だ。

これからも仲良くやりましょう、っていうさ。

「あのあの。そんなことよりもセンパイ。心の準備が出来たので、もうこっち、向いてもいーっすよ？」

「ん。ようやくか」

俺は苦笑しながら振り返り——それから、ぴしりと固まった。

「はいっ。ようやくこの姿でも会えましたね、センパイ」

誰だこれ。

後ろ手を組んで、上目遣いでこちらを覗《のぞ》く、この美少女は誰だ？

もちろん颯だ。元から女顔だとは思ってたし、造形が整ってるのも充分以上に知っているつもりだった。

それにしたって、これはズルい。制服の短めなスカートが似合いすぎている。めっちゃくちゃに可愛いなこいつ！　もちろん後輩として、なんて逃げ道が通用しない程度には可

愛いぞ……！

で、なんだっけ、『異性だと気にせず颯と仲良くする』？

無謀だろ、こんなの。

「ははっ……」

思わず俺は笑ってしまった。そんな絶望を知らないそいつは、蕾《つぼみ》の膨らむ瞬間みたいな笑顔で、朗らかに、こう宣言したんだ。

「改めまして、こんにちはっ。ボクの——わたしの名前は胡桃颯っていいます。今後ともよろしくお願いしますね、センパイ！」

間章　血湧くけど肉躍らない体育の見学

この嬉《うれ》しさを燃料にして注いだら、ロケット、木星ぐらいまで飛べちゃうと思う。

体育の授業を見学するわたしは、昼休みの出来事をなんども脳内再生していた。

わたしの制服姿を見て驚いたのか、二歩三歩ほど後退《あとずさ》ってたセンパイの姿は、脳内フィルムに永久保存ものだ。不意打ち大成功！

「受け入れられてよかったー。ふへへ……」

おっと、気の緩んだ独り言と笑みが。いけないいけない。学校でのわたしは、清楚《せいそ》風を装《よそお》っているからね。

田舎から出てきたボクが、都会のみなさんに目をつけられないための防護壁。イメージ大事。気をつけないと！

「いてて……」

気合いを入れたら、呼応するようにお腹《なか》が痛んだ。今回の計画を遂行する上で、よっぽど緊張していた表れだと思う。

下駄《げた》箱に入れた手紙（ラブレター風味）でセンパイを呼びだしたのは、ただの博打《ばくち》。異性が苦手な諒介《りょうすけ》センパイが来てくれるのか、すっごく不安だった。

その後こんにゃくを使って脅したけど……そのノリに乗ってくれなくて、「顔も見たくない」とか言われたら、一生彼のまえには現れないつもりだった。

でも、センパイは来てくれた。

わたしとまた、仲良くしたいって言ってくれた。

いつも通りのノリで接してくれた。

「よかったー……」

嬉しくて、じんわり泣きそう。

「……いたた」

歓喜の涙を堪《こら》えていたら、壊したお腹がまた痛んだ。

ここ数日、あのひとのことを想《おも》って悩んで寝れなかったストレスからかも。やー、ほんとにほんとに。センパイから送られてくるメッセージ、怖くて見れなかったからなー……

いつも逃げ腰なのはわたしの悪い癖だ。

あ、でも、今サッカーの授業を休んでるのは逃げじゃないよ？　この体調の悪さじゃ絶対に走りきれないからね。

わたしは中学時代のように、フィールド脇で試合を見届ける。

眼前で繰り広げられるゲームは、ある選手の活躍により、前半で決着がついたも同然だった。

さっきから、赤座雛姫《あかざひなき》さんがシュートをばんばん決めている。

「これでハットトリックじゃん⁉　いぇーい！　雛姫すごーい！」

「ん」

褒め言葉にもわたしのライバルは澄まし顔。ハイタッチを求める級友に対し、なぜかチヨキタッチを交わしてる——あ、じゃんけんで勝ってるのか！

「ユーモアもありっすか……負けられないなー」

彼女の活躍は、わたしの気を引き締めるには充分なものだった。

サッカーでは負けてもいい。でも、あのひとの隣りは譲りたくなかった。

だけどもう、男友達としての距離感でこっそり攻める、なんてズルは出来ない。

だから、ここからは正攻法で——

女の子として、センパイを恋に落とす！

あんなに相性がよくて、一緒に居るだけで楽しい異性と出会える機会なんて、今後そうないだろうからね。あの義妹さんに負けてられないぞ、おー！

体育座りしてる脚をたたいて、大袈裟《おおげさ》に活を入れた。

「いててっ」

そしたらお腹がぎゅるりと鳴った。

なんでかな。どれだけ自分を鼓舞しても、謎の不安は拭えない。

やる気はとても充分なのに、今の心構えのままでいたら、あのライバルさんには絶対勝てないような気もするんだ。

その引っかかりについて考えていると、赤座さんが４点目のシュートを入れていた。す、すごいね……いや本当に。

6　克服のためのデートなのでセーフです

颯《はやて》との和解から一日経《た》った朝。

俺はうんと伸びをして目を覚ました。快眠からの起床だ。

ベッド脇のデジタル時計を見れば、朝6時ジャスト。少しばかり早起きしすぎたかな。

「よし、軽く筋トレでもするか」

布団《ふとん》を撥《は》ねのけてシームレスに腕立てへと移行できた。すげぇ、今めっちゃ身体《からだ》軽い。

ここ数日の俺は抜け殻同然だったけど、けさは清々《すがすが》しい気分だ。

颯との縁をぶじに繋《つな》ぎとめられたからな。憂いはねぇよ。

異性の苦手な俺が、数日かけて出した結論は『性別なんて関係なく、それでも颯と仲良くしたい』だった。

まぁ、唯一の問題は颯が美少女すぎることなんだけど……これはそのうち慣れるだろう。

根拠なき楽観でも、今はなんとかなる気がしていた。

腕も疲れを主張してきたし、そろそろ登校の準備をしよう。今日のお昼は颯を誘うのも悪くないな。

どこか浮足立って俺は、自室のドアへ向かう——ばぁんとドアが開いた。

「たのもーう」

こいつ道場破りかよと思った。

「ひ、雛姫？　どうしたんだ、こんな朝っぱらから。し、しかもまた下着姿だし。服は着なさい服は」

「ギブアップ」

「あ？」

「もう、限界なの。私の仕事も順調だし、そろそろ言いつけを解除してほしい……」

雛姫は、取り出した小型のメモ帳を印籠《いんろう》みたいに見せつけてきた。

流麗な字体で書かれているのは——

『俺のことは、しばらく気にしないでほしい。少なくとも、「いい」って言うまでは』

病院でしたお願いを、雛姫は一言一句そのまま書き留めていた。

下着姿のそいつはメモ帳を掲げながら、艶《つや》やかな毛の先を触っている。いじらしげな態度のまま、その大きな胸を密着させるぐらいの距離で、こう言ってきた。

「禁を解いてほしいの。兄さんのこと、気にしたい。早く『いい』って言ってほしいな……やり方は簡単だよ。口角をあげて唇をうすく開くの。それから、母音を繋げる意識で、声を出してみて？」

「発音の仕方は忘れてないからな？」

その指示にツッコんだものの、俺は『いい』とは言わなかった。

言いつけが解かれれば最後、妹からアプローチを受けまくる生活が再開される。

その先に待ち受けるもの——それは、異性を傷つけることが確定した告白だ。

可能なかぎり先延ばしにしたい。俺は咳払《せきばら》いをして優しく言った。

「なあ雛姫、話は変わるけど……こないだのアニメの生放送、頑張ってたな。フリップを真っ先に出したりしてさ」

「っ！　兄さん、観てくれてたの⁉」

「ああ。リアルタイムでは無理だったけど。おまえのことは兄として応援してるって言ったろ？」

これはホント。だからこそ余計に、雛姫とは付き合えない。

異性の苦手な俺が、雛姫と一緒に住む上で講じた策は『徹底的に家族扱いをすること』だった。そうすれば同居にも耐えられたんだ。

「キャリアが上の共演者さんとも、コミュニケーションを取れてたな。兄として鼻が高いよ。頑張ったな、雛姫」

「えへへ……頑張ったよ、私なりに」

「なら、その調子でやってみようか。陰ながら応援してるよ」

「ん。引きつづき頑張っちゃう」

雛姫はスキップするみたいに部屋から出ていった。

な、なんとかなったな……煽状《せんじょう》的な格好をした義妹からの要求も穏便にはねのけられた。

この調子で、その恋心をふんわり消滅させていくぞ！

「……できるのか？」

俺はふんわり疑念を抱いた。

※　※　※

鞄《かばん》を置いて、登校完了。教室内をそろりと見回す——居た。俺は真っ先に、きのう学校を休んだ親友の机へと直行した。

「あ、おはよ〜諒介……」

スマホを弄《いじ》っていた響也《きょうや》は、俺の存在に気付き、疲れたような笑顔を作る。

こいつの疲労は知ったこっちゃない。聞かなきゃいけないことがあるんだ。

「おまえ、きのう学校休んだろ？　おかげで問い詰められなかったじゃん。ちょいツラ貸して、話したいことあるから」

「え～？　怒るのは勘弁してよ……まだ疲労が抜けきってなくてさ～」

「はあ。そんなお疲れなの。なんで休んだんだ？」

「話せば長くなるんだけどね。題して、【オレの知らないあいだに後輩と先輩と幼馴染《おさななじみ》が修羅場すぎたから、四重奏デートを一日中してなんとか場をおさめた件】。聞きたい？」

「なかなか惹《ひ》かれるタイトルだな。でもいいや。早く来て」

「し、親友の危機に興味持てよぅ。いつ誰に刺されるか、気が気じゃなかったんだからな⁉」

「四方八方にいい顔してるおまえも悪いだろ。もっと常日頃から、異性にモテるという自覚を持ってだな――」

「お、おはよっ、赤座君！」

友人として説教していたら背後から明るい声を掛けられた。

近くの席のKさんが、登校してすぐに挨拶をしてくれたんだ。

「ん？　ああ、おはよう」

俺は作り笑顔で返した。仏頂面《ぶっちょうづら》で返すわけにもいかないからな、傷つけないよう紳士的に対応だ。

すると、Kさんは満足したように笑って、べつの友達の輪に合流していった。気持ちのいい朝のやり取り。

「……諒介《りょうすけ》はさぁ」

響也から非難するような視線を感じるのは、まぁ気のせいだろう。ただ女子に挨拶しただけだし。

(何故《なぜ》か)ジト目の響也は(何故か)諦めたように息をついて、席を立った。

「まーまー、話は移動しながら聞こうか。それで？　いったい何ごとなの？」

響也が先導して廊下へ出ていく。

教室から出たタイミングで、俺は聞いた。

「何ごとって颯の件。あいつが女だって、おまえ知ってたろ。教えてくれてもよかったじゃん」

「あちゃー……颯くんバレちゃったか」

悪びれもせずにそいつは呟《つぶや》いた。

やっぱりだ、響也は颯の正体に気付いていた。

学校で人気な『胡桃《くるみ》さん』について教えてくれたのは、そもそもこいつだからな。

「んーまあ、最初はオレも、正体を隠して近づいてきた後輩ちゃんに警戒してたんだけどさ。詳しく話を聞いてみたら、女子ニガテな諒介と仲良くなりたいからって言うじゃない？　そんなん共犯者として後押ししちゃうって」

ああ、なるほど。先週の金曜日、颯が路地裏へ響也を連れていったのは、その変装の意図について説明するためだったのか。

「それにさ、颯くんぐらいのレアケースじゃないと、異性への苦手意識は停滞したままだったっしょ。女友達もいっさい作らない潔癖な諒介には、良《い》い刺激になると思ったんだよね～」

「それは」

そうかもしれない。ぺらぺら喋《しゃべ》ってへらへら微笑《ほほえ》んでる響也にも、響也なりの考えがあったってことだ。

冷静に考えてみりゃ、先週の時点で他人から颯の正体を聞かされていたら、俺は受け入れることができなかったと思う。

むしろ、颯が女の子だと黙っててくれて、よかったのかもしれない。

「……ぶっちゃけ、隠してたのを責めようとしてたんだけどさ。気遣ってくれてたなら、まぁアレだ。大いに感謝しとくわ」

「いいよいいよ！　この件のお礼は、オレが修羅場に巻き込まれたとき盾になってくれるだけでいいから！」

「命までは懸けたくねぇよ……ああそうだ。颯あいつ同じ学校だしさ、きょう三人で昼メシ食わね？」

俺の誘いに対して、響也はすぐに首を振ってみせた。表情は笑顔のまま、方向は横に。

「オレはパス！　いい機会だし、ふたりで食べたら親睦を深められると思うよ。それじゃあな！」

「あっ、おい」

行ってしまった。なんだよ、付き合い悪いな。

仕方ない。ひとりで颯を誘いに行くか――

――後輩の教室へ、女の子を誘いに、ひとりで？

「おーい、響也ー？　戻ってこーい」

去っていった親友を呼び戻そうとしたけど、響也は帰ってこなかった。

かくして、謎の高難易度ミッションが発生したのだった。

※　※　※

メッセージで颯《はやて》を誘おうと思ったんだけど、なんか小っ恥ずかしくて、送信ボタンを押せないまま昼休みだ。

じょ、女子にお誘いを入れるなんて、そんなのもう何年もしてないっつうか……

「いやタンマ。そうじゃないだろ」

廊下の隅で独り言。悪い思考を無理やり断ち切る。

まず、颯は異性とはいえ男友達みたいなモンだ。今更そんな、緊張する必要もない。直接誘おう。ガンガン行こう。

つーことで、昼休みになってから一年の教室を片っ端から覗《のぞ》いてまわった。

「に、兄さん⁉」

一年三組の教室で雛姫《ひなき》と目があったけど、手を振るのみに留《とど》めておいた。次だ次。

えーと、この教室に颯は――あ、居た。一年二組の教室で、女子たちと机を囲んでいる。

教室の入り口から見ても目立ってるほどの美少女オーラだ。

関係ない。俺はずかずかと教室に侵入し、金欠のそいつに近づいていった。

「颯、ちょっといいか」

「えっ。センパイ？　こんにちは、どうかなさいましたか。わたしに用事でも？」

静かな笑みを浮かべている友人に違和感。

「いや、どうしたっていうか……」

思ってた反応と違った。なんというか、快活さが足りない。「金欠らしいし奢《おご》りに来たわ」という用意した台詞《せりふ》を、俺は言えなかった。

「胡桃ちゃん、この方はお知り合い……？」

席を囲ってる女子は、弁当の蓋に手をかけながら怪訝《けげん》そうに俺を見上げていた。親友を守らんとする気概が感じられるな。すると颯は、落ち着いた微笑を浮かべながら言う。

「あっ、心配しないで！　諒介センパイとは仲が良いんだー。この間も一緒に遊んだの。そうですよね？」

「お、おー。そうそう。遊びまくり、遊びまくり」

やけに丁寧な口ぶりに、俺は頷《うなず》くしかなかった。周囲の視線がなぜかキツくなる。てか誰なの、このお淑《しと》やかな雰囲気を纏《まと》ってるお嬢様は。

「ごめんなさい、席を外してもいいかな？　センパイ、わたしに用事があるみたいだから」

颯が嫋《たお》やかに確認をとると、同席していた女子たちが「大丈夫だよー」「いってらっしゃい」「気をつけて」と口々に送りだす。気をつける要素はねーよ。

「それではセンパイ、行きましょうか？」

「あ、ああ……」

華やいだ笑顔。そいつは颯爽《さっそう》と歩きだした。俺は従者みたく二歩ほど遅れて付いていく。

なんか、妙に気後れするな……周囲の視線も突き刺さってくるし……

颯の注目されっぷりに、俺は少し萎縮してしまうのだった。

※　※　※

すっかり夏の日差しが照りつけてくる外を移動する。

ひと気のない西校舎裏。日陰になった外階段の前で、手ぶらの颯と向かい合った。

「おまえ、どんだけ人気あるんだよ。昼メシ誘うのにも一苦労じゃねえか」

「や、当人的にも予想外の人気っぷりでしてー。というか、センパイも急っすよ。ボクら噂《うわさ》とかされちゃいますよー？」

腰に手を当てて颯はけらけら笑っている。

まあ、上級生が異性を誘いに来たら、そりゃ目立つか。配慮が足りなかった。

「ごめん、もっと気安く誘えると思ってたわ。颯おまえ、学校だと雰囲気違いすぎな？」

「ええ、俗に言う高校デビューをかましましたんで！」

ばばんと颯が言う。パーカーに隠れるのをやめた胸もばばんと主張していた。

「部活をやめてからは一年ほど、女の子らしくなる研究してたんすよねー、サッカーから逃げた自分を変えたくて！　美容院も良いとこ行ってるんすよー？」

さらりとした髪が風にたなびいてる。

……俺、こいつを男だと勘違いしてたのか。節穴かもしれないな。こんど眼科に行こうと思った。

「なるほどな。まあでも、颯がいつもの雰囲気に戻ってくれて助かったよ」

「えー。どんな雰囲気っすか、それ」

「ああ。元気な方のおまえ。さっきの教室での淑女なおまえとは、楽しくお喋りとか出来る気しないしなぁ」

「——あら、そうですか？　わたしは、センパイとなら何を喋っていても楽しめますよ」

目を細めて、くすりと笑う颯。口元に当てられた手は力を込めずにしなを作っている。

うへぇ、似合ってるけど違和感がやべえ。

「それ、そのモードやめようか颯。おまえと言ったらもっとこう……わっしょいワハハーって感じだろうが！」

「そんなお祭り男なイメージですかね、わたし」

「つうかアレだ、金欠で食うもん無いんだろ？　けさ売店でカツサンド買っといたから、やるわ。ガツガツ食べてくれ、ガツガツな」

「わわっ、ありがとうございますぅ。センパイってぇ、後輩のことぉ、すっごく気にかけてくれてるんですねぇ。わたし惚《ほ》れちゃうカモー？」

「カモーじゃない。俺が鴨《かも》にされそうな異性ガツガツ食べちゃう女子やめて。勘弁して。いいから、ほら」

　レジ袋からサンドイッチを取りだした。素に戻った颯が「ははあ〜」と、褒美《ほうび》を賜る家臣みたく両手で受け取る。

「あの。ホントにありがとうございます。お昼を節約してるの、友達にはダイエットと見《み》栄張《えは》ってたので、助かりました」

「おー。存分にガッツいてくれ」

「ではどうぞっす」

　カツサンドが返却された。

「……は？　食うんじゃないの？」

颯はじぃっと俺を見て動かない。その眼差《まなざ》しは、なにかを要求しているようだ。

「あらら、言わないと伝わらないもんすかね。センパイ、千切って食べさせてー？」

「つ、伝わるわけあるか。コラ。甘えるんじゃねーよ。ええっと……とにかく甘えるんじゃない。甘えるなよッ！」

「そこまで甘えん坊なイメージでしたかね、ボク」

動揺のあまり厳しすぎる先輩と化してしまった。

くそっ。会話が上手《うま》く回らない。自然体になれない。前までなら、もっといい返しが出来たはずなんだ。

「いいじゃないっすかー。前は蜂蜜漬けのレモン、あーんしてくれたのにー」

「それは、おまえを男だと勘違いしてたからテキトーに対応してただけで……つうか手摑《てづか》みで食べさせるとか無理。いま暑いから、手汗ヤバいし」

俺は右手を広げてみせた。見るからに水滴が浮いている。

発汗の原因は、実は暑いからじゃなく、異性を前にした緊張だ。

表面上はいつもどおり接しようとしても、深層の部分で女の子の颯にびびってるんだと思う。ダサいから隠し通すけどさ。

「おー、指先まで汗でびっしょりじゃないっすか。ふふっ、世話の焼けるセンパイっすねー。ボクが対処するっすよ。つんつくつん、Ｙｏ！」

ＤＪ颯は、可愛いレースのハンカチで湿っぽい手をごしごし擦《こす》ってきた。

「……っ」

布越しとはいえ、異性からの接触だ。俺は咄嗟《とっさ》の反応もできなかった。

「あ、こうして触ってみたらセンパイ手ぇ大きい。わー、男子の手ってカンジっすねー。大きさ比べちゃおっと」

ハンカチ越しに手のひらを合わせせられる。

「この隙に、水かきの部分も拭いちゃいますねー？」

ぎゅっ。ハンカチごと覆いかぶせるようにして、各指のあいだに颯の細い指が絡《から》みついてきた。

「いや絡みつかせんな、流れるように俺の手を掴《つか》むな。離せ離せ、恋人繋《つな》ぎみたくなっちゃってんだろうが！」

「ありゃ、バレましたか。センパイ、異性に触られるのが苦手という話でしたので、どこまでなら赦《ゆる》されるのかなー、っとね？」

「そんなの初《しょ》っ端《ぱな》からアウトだよ。ったく……まあ厳密に言うと、異性に『触られる』よりも『触る』のがダメなんだけどな」

手を伸ばすという行為は、常に相手を傷つけてしまうリスクを孕《はら》むんだ。

「ふんふん、わかりました！　これまで通り、センパイに触るのはＯＫということっすね！」

しゅっしゅっ、と張り手の形でシャドーイングしてる。何もわかってない。こいつ、俺のこと傷つける気満々か？

「いや、いいけどさ……颯おまえ、誰彼かまわずペタペタ触ってたら、いつか問題になっちゃうぞ」

具体的に言うと、こいつを好きになっちゃう輩《やから》が続出しそう。

「あはは、そのあたりは気をつけてます！　こんな風にタッチできる仲いい異性なんて、センパイぐらいっすよー」

「あー、そうなん？」

じゃあ俺にも控えてほしいなと思った。こいつのことを好きになっちゃう俺が続出したらどうするんだ。

「さてさて、触り放題の事実がわかった今、ふたりきりのこれはチャンスということっすよね。ふふふ、男性の胸板ってどんな感触がするんでしょーう？」

「あっ。おい、やめろ、指わきわきさせんな、徐々に近づけんな、エロい襲い方すんな！」

颯《はやて》に触れないから言葉で抵抗した。ぴとり。抵抗むなしく、右の胸に颯の手が押し付けられる（鼓動の速い左側じゃなくてよかった）。

「わぁ硬い。センパイ、けっこう筋肉あるんすねー」

「……気が向いたらたまに腕立てするぐらいだぞ」

「でも凄《すご》いです。この硬さには、元スポーツ女子として一度は憧れますよ。ボクの胸なんてむだに成長しちゃいましてねー？」

そいつは、自らの両胸を鬱陶しそうに持ちあげた。女性性の象徴であるふたつの塊が、制服とブラジャー越しに柔らかく変形している。

数日前には俺の腹部へと押し付けられていた物体。あのふかふかとした感触を俺は思いだしてしまう。目に毒なんてもんじゃないな？　み、見ないように視線を地面へ固定！

「……あのあのセンパイ。あからさまに見ないようにされると、逆に気になるっす」

「ちげぇよ、地面の観察で忙しいだけ。おっ、蟻《あり》さんがごはん運んでら」

「ボクのおっぱい、虫の営みより優先度下っすか。もう。胸板のお礼にすこしだけ眼福を意識したのに。センパイって、本当に女の子が苦手なんすねー」

実感の籠《こも》った声だった。

凡百の女子相手なら、いまのセンシティブな流れにも、紳士的な仮面をかぶって上手く対応できただろう。けど颯相手には素で挑むしかない。そして、俺の素の防御力はカスだ。女子の鼻息で吹き飛ぶレベル。

地面から顔を上げないでいると、颯は一息ついてこう言った。

「んー。そういうことならボクで——いえ、わたしで特訓をしてみるというのはどうっすかね！」

「特訓？」

俺は顔を上げた。空気を切り替えるような明るい笑顔を向けられてる。

一人称も切り替えてはいるけど、さっきのお淑《しと》やかな雰囲気でもない。

「はい！　わたしを異性苦手の克服の練習台にするんすよ。ずっと女の子苦手〜ってカンジだと、その、お互いに困りますからねー？」

「ああ、まあ……それはそうだな」

克服……か。いずれ向き合わなきゃいけないこと、なんだよな。

今後とも颯とは遊んでいきたい。それなのに、いちいち緊張していては大変だろうから。

「いいよ。その提案、乗った」

「では！　さっそく日曜にお出かけしませんか？　わたし、女子全開で行きますんで、センパイもそのつもりで！」

「なるほど。女子全開のおまえと休日に外出」

デートの三文字が脳裏を掠《かす》めたけど、向こうは克服のために協力してくれてるんだ。ずっと男友達の距離感だったのに、俺への恋慕なんてありえない。先輩と後輩という美しき信頼関係からの提案に決まってるんだ。

「まっ、了解。明後日《あさって》12時、いつものベンチ前に集合な」

「……！　はいっす！」

「つうか、そろそろメシ食おうぜ。お喋《しゃべ》りのしすぎだ」

「はいっすはいっす。おっ、このカツうまー」

あーんと大口で齧《かぶ》りつく颯。俺もようやく腰を落ち着かせて、弁当を食べ始めた。

以前に比べりゃ緊張するけど、馴染《なじ》み深くて、やっぱり心地いい。

颯と仲直りできてよかったなぁと心の底から実感した。

※　※　※

日曜日の朝だ。そろそろ着替えて、颯と出かける準備でもするかな。俺はパジャマ下のお腹《なか》を掻《か》きながら自室を出た。

「……居ない、よな？」

最近は自室を出るたび、雛姫《ひなき》が待ちかまえていないか不安だった。

今日は大丈夫そうだ。俺はどこか安心してリビングに降りようとする――

「おはよう、兄さん」

雛姫が階段の下に仁王立ちしている。こいつアクションゲームの中ボスかよと思った。

「お、おはよ。え、つうか朝っぱらからどうしたの、その気合い入った格好。今日なんかのイベントだっけ？」

雑誌の表紙を飾っていても違和感がないだろう、ばちばちにキマったモード系ファッション。可愛いってよりも美しい。何を着ても似合う大人びた美少女は、覚悟を決めたような強い眼差しをもって俺を見上げていた。

「兄さんのことは気にしないから、一緒に出かけたい」

「え」

聞き間違いかなと思った。どういう論理？

「えっ、気にしないけど一緒に出かけるって可能なの」

「とうぜん可能。私は、諒介《りょうすけ》兄さんのことを空気として扱う。けど兄さんは、私に話しかけたり微笑《ほほえ》みかけたりナデナデしたりしてほしい」

俺はその光景を想像してみた。

『雛姫、そろそろお昼にしないか？』『……（無視）』『ん、聞こえてない？　拗《す》ねてるのか。よし、ご機嫌を取るべく撫《な》でちゃうぞ（にこっ）』『……（ガン無視）』

異常者だこれ。

「今日はいちにちオフだから、ね。また昔みたいに、いっしょにお出かけ、しよ。癒やされにいこ」

つうか、もう普通にデート誘ってきてるな？　メモ帳の言霊《ことだま》は、徐々に効力を失いつつあるらしい。

しかし今日はウソ抜きで都合が悪かった。

「ごめん雛姫、先約が入っててさ。これから俺、男友達と遊びに行かないと――」

――あ、ついクセで颯を男として扱ってしまった。

まぁそこまで致命的な言い間違いでもないか。

だけど俺の言葉を聞いて、階下に仁王立ちする雛姫はさらに冷ややかな目を向けてきた。

このさきへは行かせないぞ、とでも言わんばかりの不動っぷり。

やがて門番のような義妹は無表情のまま口を開いた。

「……あやしい」

「えっ？」

「ほんとーに、男友達なのかな。最近、諒介兄さんに異性の影が見え隠れしてる……って都内23区でウワサされてる」

「マジかよ。それがマジなら俺、もう街歩けないよ」

誇張表現に対して乗ったけど、俺は話をはぐらかせなかった。

雛姫は追及をやめない姿勢だ。だって、その顔つきはメディア向けのように冷たい。

とん、とん、とん。美人が無表情で階段を上がってくる。その気迫にあてられて、俺はあわてて弁明した。

「いや、その、言い間違えた。これから会うのは、まぁ男友達みたいな女友達っつうか！」

それでも雛姫は歩みを止めない。幽鬼の如《ごと》く揺れながら、一段ずつ階段を上ってくる。

やがて、動けない俺の立ちすくむ二階へとたどり着いた。な、なんだ？　何をする気だこの子。

身構えたけど、雛姫はただ、俺のパジャマの袖をくいっと引っ張るだけだった。

「…………。女の子、なんだね……そっか」

しゅんとした表情。伏し目がちな態度。

「兄さんのことは、気にしないようにするべきなのに、詮索しちゃった。ごめんなさい……またこんど、お出かけしよ」

くるりと背を向けて、雛姫はまた、階段をふらふらと降りていく。

「……私のことも、たまには気にかけてほしいな……癒やされにいってきます」

背を向けたまま雛姫は言う。長い髪をゆらゆら揺らして、そのまま玄関の方へと向かっていった。

俺は、見送りの言葉も返せない。罪悪感が鉛のように降りそそいでいた。

「あの表情は、絶対に傷ついてたよな……」

勇気を出してデートに誘ってくれたに違いなかった。

でも、その想《おも》いには応えられないんだ。俺と雛姫のあいだには制約が多すぎた。

誰も居なくなった階段で、大きく深呼吸。

「…………」

いい加減、分かってる。『俺を気にしないでほしい』なんてお願いは、ただ雛姫の想いに向きあうのを先延ばしにしてるだけだ。

近いうち、あいつのことを振らなきゃいけない日が来るだろう。

けど、それはたぶん今日じゃない。

「……この後の颯との特訓。遊び抜きにして頑張ってみるか」

異性への苦手意識の克服。まずはそこから始めてみようと思った。

※　※　※

トラウマへの対処なんて1日で成せるものではないと思うけど、それでもやらないよりはマシだ。

約束の時間5分前きっかりに、俺は到着した。

いつものベンチに座ろうとしたけど満席だ。休日の街は混んでるなぁ。

しかし、道行く人々の注目が、ある一箇所に集まってる気がする。なんだろう。俺も釣られて、誰かの視線の先を追った。

ひとりの少女が壁に寄りかかり、コンパクトミラーで前髪をちょいちょい確認している。

白を基調としたオフショルダーのマキシワンピース。ちいさく編み込まれたワンポイントのヘアアレンジと相まって、清楚《せいそ》な印象を与えた。

奇天烈《きてれつ》なファッションでもないのに目立ってるのは、そいつの容姿が、都会をゆくハイソな女性と比べてもずば抜けてるからだろうか。

「なっ。あの子、声掛けてみない？」

俺の近くで若い兄ちゃん達が作戦会議をしていた。

「やめとけよ。あのレベルは相手されねーから。他行こうぜ」

あっさりと諦めて、立ち去っていくふたり。声を掛けなくて正解だな。ああも洗練された都会の美少女なんて、そう簡単にお知り合いには――

「あっ。センパーイ！」

めっちゃ知り合いだわ。

「ふっふっふー。本日はお日柄もよく、絶好の異性苦手・克服日和っすね！」

清楚系が口開いた瞬間、めっちゃ馴染みある系になったわ。

「ああ、颯《はやて》だったのか……都会派のお嬢様かと思ってスルーしかけた」

「えー？　センパイってば、ひとを乗せるのが上手《うま》いなー」

「あ？　マジだって。全然リップサービスじゃないんだけど」

「まったまたー。ボクみたいな芋っぽい田舎者には、過剰な褒め言葉っすよーそれ」

手招きするみたいなモーションの颯は、満更でもなさそうにはにかんでる。

そういえば、男兄弟の多い家庭で育ったんだっけ？　あんまり女の子扱いをされた経験がないのかもしれないな。

「いや。可愛《かわい》いよ、颯」

俺は先輩として、おふざけ抜きで、自信のなさそうな後輩を褒めた。そんな卑下する必要はない。

「普段着の自分が浮いてて恥ずかしいぐらいだよ。すごい変身っぷりだな」

「えっ……ど、どーもっす。お洒落を勉強した甲斐《かい》があるっす。えへへ」

右の頬に手のひらをあてて照れていた。これでちょっとは自信が付いたかな。

「つうか最初、誰だか分からなかったし。いつものパーカー姿からは見違えてんなぁ」

「見違えてくれなきゃ困るっすよ。なんせ、今日のボクは——わたしは女の子全開ですから。エスコート、してくれるんですよね、諒介センパイ？」

声音が落ちついたものに切り替わった。あからさまな上目遣い。颯っていうより『胡桃《くるみ》さん』ってカンジの態度。

俺は緊張を——しかけたけど、それだと特訓にならない。あえて年上っぽい、落ちつき払った態度を装《よそお》って言う。

「ま、そうだな。擬似的とはいえ、今日はデートみたいなもんだしなぁ」

「へっ⁉」

胡桃さんの余裕ぶった表情があっさり崩れた。それを受けて俺の仮面も崩落しそう。

「なっ、なんだよ、そっちからエスコートとか言い出したんじゃん。今日のコースは考えてきてるから、安心して付いてきて。ほら行くぞ」

俺は歩き出した。

「あっ……は、はい！」

遅れて颯が付いてくる。でもちょっと歩きにくそうだ。振りむいて足元を見れば、ヒールの高めな靴を履いている。今日の後輩はどこまでもフェミニンな御様子。

同行者にあわせて歩速を落とすと、颯は「ありがとうございます。センパイ」とふんわり笑った。

「ふふっ、どこに連れてってもらえるんでしょう。楽しみです」

「ああ。雛姫に教えてもらったカフェだよ」

「……そうなんですね、義妹さんに！　ふふふ、いつか挨拶してみたいです」

颯は一拍置いて、奥ゆかしい態度で微笑んだ。

え、なんか知らない女子と歩いてるみたいな気分になってきた。ヤバい。マジでデートみたいな雰囲気になっちゃってない？

いやいや、俺の思い違いだろう。だってこれ克服の練習だし。例えるなら、男友達が女装してお出かけに付き合ってくれてる、みたいなもので――

「えいっ」

むぎゅっ。男友達にはない柔らかいものが二の腕に押し当てられて思考が止まった。

「タイム！　擬似デート中断。イエローカード！」

カップルみたいに腕を絡《から》ませてきた颯に警告を出した。

違反行為をしたそいつはすぐに腕を離し、令嬢ぶった顔で静かに笑ってる。

「どうかしましたか、センパイ。わたしはただ、デート中にほかの異性の話題を出した殿方の関心を惹《ひ》こうと、身を寄せたまでですよ？」

「そ、それが反則だって言ってんの。これ、マジのデートじゃないからな？　俺の苦手克服のためとはいえ、んな、胸まで当てなくていいからな！」

「いえいえ、反則ではありませんよ。男女が連れ添って歩くとなれば、このようなふれあいは他愛もないことですので」

むぎゅむぎゅっ。再度ふかふかの感触を押し付けられた。

「はいアウト。イエローカード2枚目だから、退場。ベンチ行きだよおまえ。離れなさい颯選手」

「ベンチだけはお断りします。これはショック療法の一環ですので、問題はありません」

ご令嬢はいたずらっぽい微笑《ほほえ》みを口元に携えていた。確信犯だ。女子耐性のない俺が照れることを見越しての行いだ。

こうも女子であることを利用して優位な立場にいられると、それはそれで面白くない気がするな。

「……わかったよ。治療の一環なんだな。じゃあおまえ、もっとこっち来いよ」

絡んでくる颯の腕を、俺はさらに引き寄せた(自分から触ったわけじゃないから、忌避感も湧かなかった)。颯から伝わってくる柔らかさがより増す。

「ふぁっ」

「ん？　どうしたんだ、生娘《きむすめ》みたいな声出して。まさか颯、自分から抱きついといて照れてたりすんの？」

「そ、そんなわけはありません。センパイのためですもの、このぐらい余裕です」

「だよな。俺も余裕だし」

「ええ、流石《さすが》はわたしのセンパイです。涼しい顔がお似合いですね」

この暑い時期にだれよりも密着して俺たちは歩いていた。男と男のプライドを懸けた謎の我慢比べ——じゃないけど、そんなようなものだ。

それから数分後。

「……すみませんすみません実は恥ずかしいです！」

顔を赤くした颯が謝ってきて、ぱっと身を離してきた。フン、まずは一勝だな。

で、なんで俺たち戦ってるんだろう？　異性苦手の克服には必要のない争いだった。

※　※　※

最初に訪れたのはただのカフェじゃない、猫カフェだ。少し変化球なチョイスだったけど、これが意外に好評だった。

「きゃーっ、ちっこいのが溢《あふ》れてます……！　可愛い可愛いっ。ねね、うちの子になっちゃう？　なっちゃいますー？」

颯が近寄ってきた子猫に、教科書通りの猫なで声を出して誘惑してる。さっきまでのお淑《しと》やかな演技を忘れるほどに舞い上がっていた。

「名前はルーちゃんだよ。前に店員さんから、人懐《ひとなつ》っこい子だって説明受けたわ」

「ルーちゃん！　なるほど、胡桃ルーちゃんっすか」

「ナチュラルに家族認定するな。ここ譲渡とかないから、誘拐狙いのやべー客だと思われちゃうぞ」

「あはは、冗談です。センパイは心配性っすねぇ。ねー、ルーちゃん？」

猫に話しかける颯。俺はアイスコーヒーを飲みながら見守った。

平常時の颯となら軽口の叩《たた》き合いが出来るくらいには平静を保てている。よしよし、この調子で慣れていこう。

「ルーちゃんルーちゃん、うちの子だったら吸い付いてたっすよー？　にゃんにゃんだねえ、可愛いねぇ」

おまえも可愛いのかよってツッコみたくなるぐらいあざとい声。

うっかり褒めそうになったけど、俺は静観した。その猫っかぶりは、また先輩をからかうための罠《わな》かもしれない。

ちなみに当の子猫はというと、颯のことを無視している。

「る、ルーちゃん？　にゃんにゃん、にゃーんっすよ？　にゃあ、にゃぁ……人懐っこいルーちゃんが反応してくれません……」

「ふぅー。コーヒー美味《うめ》ぇなあ」

「それでセンパイも反応してくれなかったら、ボク、消え入りたさMAXなんすけど……」

颯の顔がほんのりと赤らんでいた。あざとかったから俺へのからかいの一種かと思ってスルーしたけど、どうやら素でやってたみたいだ。

デート相手（仮）を放置してたのも事実。俺はフォローを入れることにした。

「べつに、恥ずかしがる必要ないだろ。おまえ今、猫に負けず劣らずの可愛さだったからな」

「へっ……!? も、もっかいお願いします」

「だから、ネコ科に負けない可愛さだって。自信持ってにゃんにゃんしなよ。早くルーちゃんと一緒にアイドルデビューした方がいいよおまえ」

さっきの意趣返しとばかりに、俺は真顔で褒めちぎった。颯は「うひー」とか言いながら、両手をぶんぶん振って否定する。

「言い過ぎっす言い過ぎっす。それに、猫ちゃんとセット売りされても、アイドルとして跳ねる気しませんしー……！　イロモノとしてデビューすると後々大変ですしー……！」

「問題点そこ？」

そのとき、店内のどこかから凍《い》てつくような冷ややかな視線を感じた。なんだろう。

首を回して発生源を探る。あっ、あそこか。眼鏡にマスクの女性客が、俺が気付いたのを知って、迷惑そうに顔を背けた。

「…………」

客観的に見たら、今のやり取り、周囲を気にせずにイチャつくカップルにでも見えたんじゃないか……？

顔をぱたぱた扇《あお》ぎながらアイスココアを飲む颯《はやて》は、照れてるおしゃれな女の子だ。なら俺は、彼女を照れさせた冴《さ》えない彼氏とでも映ってるんだろうか。

いよいよデート（仮）じゃなくデート（真）みたいな空気になってきて、俺は焦《あせ》った。

そんなつもりは颯にだってないはずだ。

「なあ颯」

「にゃんすかー？」

「浮《うわ》ついてんな……これ、苦手克服のためのお出かけだろ？　ここらでひとつ頼みがあるんだ」

「おっと注文ですか。はいはい、言ってみてほしいっす。ボクが——コホン、わたしが対応しますよ」

咳払《せきばら》いをして、女の子らしいふわりとした笑みを浮かべだす颯。心強い練習相手だ。俺は言った。

「ああ。早速なんだが、俺のことを汚物を見る目で『嫌いです』と言ってみてほしい」

「にゃんですって？」

カップルであるという疑いを晴らしつつ、異性から傷つけられるというショックを身をもって体験できる。まさに一石二鳥の案だ。

「えっ、あの、べつのお願いはないんですか？　フードのポテトを食べさせてほしいとか」

「ああ、そういうのいいから。本気で『あなたのことなんか嫌いです』と言ってくれ。『キモいです』と傷つけてくれてもいい。それでこそショック療法だ」

「え、えー……？　センパイ、猫カフェという優しい空間でそんな罵倒は飛びかっちゃいけません。ルーちゃんのまえで教育に悪いっすよ」

横座りする颯は、ぺしぺしと太ももを触るようにして俺を叱ってきた。

「なら周囲に聞こえないように小声で。ものは試しだろ？」

「もー。しょうがないなぁ……センパイ、わたしの顔に耳寄せてほしいです」

「ああ、ばっちこい」

颯に近づくと、そいつは吐息たっぷりの囁《ささや》き声で、こう告げてきたんだ。

「あなたのことなんか——好き寄りです」

ふうっ。

「うおぁっ⁉」

俺は座った姿勢のまま飛びあがった。こ、こいつ、耳ん中に息吹き入れてきやがった。

不意打ちだ。オトナな態度から程遠い声が出てしまったじゃないか。

「ふふっ、残念ながらＳＭプレイは受け付けておりませーん。ねー、ルーちゃん？　ひどいこと頼むセンパイだねぇ」

またかまってくれない子猫に話しかける颯だった。

文句言う間もなく取りのこされる俺。なんだろう、この敗北感は……

「これで一勝一敗だな、颯」

「えー？　はいっす」

そこで、にこーっと笑われると、なんか独り相撲してる気分になってくるな。

すると店内の隅っこから、眼鏡にマスクの女性客が、また冷ややかな視線を送ってきた。

いや、今のはイチャつきとかじゃないです。苦手克服のためなので。

※　※　※

続いて向かうお店は、適当な外食チェーン――

のつもりだったんだけど、颯が途中、寄り道をしたいと言い出した。ハイティーン向けのアクセショップだ。店内にはお洒落な女子が多めだった。

まぁ、そのうちのひとりが俺の同行者なわけで。

「わぁっ、これ可愛《かわい》い、高見えしそう！　ねね、センパイはこの指輪、どう思いますかー？」

颯はテンション高めに聞いてきた。

「そうだなぁ。ハンバーガー七個分の値段だから、俺ならハンバーガー七個買う」

「感想が男子高校生すぎるっす」

俺は興味がなかった。というか異性が多すぎて内心大変だった。同じように連れられてきてる男性客の、疲弊した顔にシンパシー。

「むー」

よそ見してたからか、颯がまた、ぎゅっと身を寄せてきた。不意の接触。反射的に俺はそいつの顔を見る。

「わたし、こういうウィンドウショッピングに付き合ってくれる男のひとって、素敵だと思いますよ？」

出た、胡桃《くるみ》さんモード。女の子らしいふわりとした声音と、どこか潤んだ瞳で、そいつは俺を下から覗《のぞ》きこんでる。

ここで「お、おう……な、ななな付き合っちゃおっかな！」と挙動不審になっては颯の思うツボだ。それじゃあ異性への苦手意識は克服できない。

まずは気にしない素振り。それから年上らしい態度が重要だと思う。

「あー。じゃあ、その指輪買うか」

俺は涼しい顔をして商品棚からアクセサリーを手に取った。

今日のためにお年玉は切り崩してきてるんだ。

「へっ？　あ、あの、おねだりした訳ではないんすよ？　いいです、買わなくていいです！　さっきの猫カフェ代も持ってもらいましたし、センパイには金銭面でお世話になりっぱなしなので！」

「いやいや。ここは素直にプレゼントされといて」

「に、苦手克服のためとはいえ、そこまでせずとも良《い》いんすよー……？」

小悪魔ぶってくる癖して、俺の財布事情はちゃんと心配する後輩だった。

「いいからいいから。ちょっとこの辺で待ってな」

ちょうど空いていたレジに並び、代金を支払って、プレゼント用のラッピングもしてもらう。

「買ってきたわ。学校には校則で付けていけないから気をつけろよ」

「あ、ありがとうございます……って、流れるように買いましたね。わたし、今からでもお金払います！」

「いやまぁ、そんな気にしなくていいよ。俺が勝手に、おまえの応援したかっただけだから」

「応援──ですか？」

「そう」

そこでようやく、あの雨の日の河川敷《かせんじき》で、浮かない顔をしてた後輩に掛けたい言葉が見つかった。

「俺はさ、おまえのこと、けっこう尊敬してるんだと思う」

アクセショップの軒先で、俺は颯と向かい合った。

「前に、サッカー部から逃げたって話してたけど──べつに、颯は逃げてなんかいないよ」

「え？　あの、先程からお心遣い痛み入るんすけど、決してそんなことはなく──」

「あるだろ。そんだけ女の子らしく出来てるのは、ちょっとの努力じゃ成し得ないからな。逃げた先でもそんだけ頑張れてるなら、それは進む方向の転換じゃん？」

打ち込んでいた部活動をやめた後も、このひたむきな後輩は、女の子らしくするのを頑張ったに違いなかった。

「だいたい、サッカー部でだって、よく『後半戦』では交代させられてたって話だけど──身体《からだ》が弱いのに、『前半戦』を走りきっただけ凄《すご》いと思う」

颯に比べて、俺はどうだろう？　雛姫《ひなき》との恋愛模様という試合から、走りもせずに逃げているままだ。

「……それに颯はさ、サッカーをやめた高校生活っていう『後半戦』をいま全力で走ってるだろ？　さっきまでのお淑《しと》やかな雰囲気や、その可愛すぎる私服が証拠じゃん。凄《すげ》えって」

素の一人称がボクで、素の私服があの飾りっ気のないパーカーの颯だ。このお洒落《しゃれ》をした姿には、相当の努力が窺《うかが》えた。

「だからこれ、応援としてのプレゼント。友達と遊びに行くときにでも付けといて」

包みを宙にぶらさげると、颯は少し俯《うつむ》いたまま、手のひらを差し出した。

重力にまかせて落としたら、その手はぎゅっと包みを捕まえて、大事そうにして握りこむ。

「……ありがとうございます。頂いた言葉も指輪も、ずっと、ずっと大切にします」

「あーそう？　重宝してくれるなら何より」

なんか、先輩ヅラしすぎたかな。まぁ言えなかった後悔より言った後悔だろう。

さてと、買い物も済んだし、次だ、次。この真面目クサい流れを切り替えよう。腹が空いたし、どこかのチェーン店に――

「えっ」

「ごめんなさい、センパイ。待ってください……動けないっす」

切り替え失敗。

「なんなんすか、センパイ、そんなのぐっと来ちゃいますって。クリティカル過ぎますよ……」

「ええっ」

座り込む颯に、俺はたじろぐしかなかった。周囲の皆さんの『彼氏なにしてんだ』みたいな非難の目が痛い。だから彼氏じゃないってば。

涙を堪《こら》えている風な颯は、膝をかかえこむ腕でその口元を隠し、潤ませてる瞳で俺を見上げていた。

「うぅ……ついに落とされたー……」

「えっ」

もしかして、指輪のプレゼントを適当に手のひらに落としちゃったから、それで傷つけたのか？　ウソだろ？　女心って難しいなと思った。

「うわっ、マジでごめん。ちゃんと手渡せばよかったか、いや、えっと、指輪のプレゼントって嵌《は》めたほうがいいの？」

女性苦手歴7年の俺だ、そんなマナーは知らない。焦《あせ》って答えを聞いたけど、颯《はやて》は「違うんすよー」とぐずぐず鼻を鳴らしながら動かなかった。

俺たちは店の脇に移動して、颯の気持ちが落ち着くまで待つ。この結果は一勝とも一敗とも数えられなかった。

※　※　※

ようやく動きだした颯は泣いちゃいなかった。

代わりに「もう懲りました」と爽やかな敗北宣言。座りこんで膝についた皺《しわ》をぱんぱん払って、からっと晴れやかな笑顔を向けてくる。

「もー、やめですやめっ。ボク、女の子らしくするの中止するっす。異性の克服など考えず、センパイも自然体でいきましょう！」

「あー、そうする？　俺も疲れたし、そっちの方が助かるよ」

さっきまでは妙な緊張感が漂ってたけど、それも霧散した。

颯の一人称が『ボク』に固定されるだけで異常な安心感があるなぁ。

「さっ、ここからはただのお出かけっすよ。目一杯楽しんでいきましょうねー！」

背中をぱしぱし気安く触ってくる。いつもの接触。

「おー」

呼応するように、こめかみ辺りまでこぶしを上げた。

男友達じみたこの距離感。やっぱりホッとするよな。

俺たちには俺たちなりに育んできた関係性があるんだ。

「それにしても、さっきの発言は効いたっすよー。センパイってば異性の扱い、やけに手慣れてないっすかー？」

「あ？　バカおまえ、そんなことないよ」

「でもでも、女の子全開のボクが抱きついても、動揺が少なめでしたしー」

それは、年上として緊張がバレたくないから強がってたんだよ。

なんて言えるわけはない。俺は「まあな」と雑に誤魔化した。

「それだけじゃないっす。車道側を歩くといったエスコートにも迷いがないようですしー」

「ああまぁ。義理の妹にせがまれて、一緒に出かけることは多かったからなぁ」

「……そうなんすね」

低い相槌《あいづち》。

「あっ！　センパイ、センパイ、なんか屋台みたいなのが出てますよ？」

からの高い報告の声。

颯は強引に話題を変えるみたく、移動販売のキッチンカーを指さした。期間限定ののぼりの元に、そこそこの通行人が群がっている。

「へぇ。オムライス売ってるっぽいな。昼はここにするか？」

友達と行動するうえで、ライブ感はけっこう大切だと思う。颯はこくこく頷《うなず》いた。

「はい！　お口がふわとろ玉子の気分っす。あ、ソース選べるんだここ。どれにするか迷うなー。決めかねるっすー」

じゅるり、なんて擬音を口で言いながら、颯は財布を開いた。

俺は先輩魂を発揮して、また代金を持ちたくなった。けど、なんでもかんでも奢《おご》るってのは違う気がする。その代わり。

「俺は王道のケチャップにするからさ、颯は別のを頼めば良いじゃん。んで、半分こしようぜ」

「み、見事なアイディア過ぎるっす……！　センパイの将来は発明家で決まりっすね！」

「既存のアイディアだし、んな安定性のない職就かねーよ」

お客さんたちの列に並んで、俺たちはそんな雑談をダラダラと繰り広げた。

注文したオムライスを受けとり、奇跡的に空いてた近くの椅子に座りこむ。

手を合わせていただきます。使い捨てのスプーンで豪快に掬《すく》った。

「うおっ、最初の一口目から美味《うめ》ぇ。家で食ってるのとは違うわな。プロの玉子料理って感じがするわ」

俺はどんどん食べ進めていく。隣りに座ってる颯は対照的に、ちいさい一口ではむはむと食べ進めていた。

「はい、こちらも美味《おい》しいです。ではセンパイ、ボクにも一口くださいますか？」

「ん？　ああいいよ。ほれ」

約束どおり後輩に、プラスチックの容器を手渡す。すると颯は、オレンジ色の断層を切り崩すようにしてオムライスを掬って唇に運んでいく。

「んーっ、王道っ。ケチャップもいいですね！」

先程の泣きそうな顔など露ほども思わせない晴れやかな笑顔。どうしても、その美少女性が強調されてしまっていた。男友達と美少女後輩のあいだで、俺の認識が行ったり来たりだ。

てかさ、違和感なく手渡したけど、これってまさか――

「――間接キス」

俺の思考を先読みしたような、掠《かす》れた声のつぶやき。

そちらを見れば、眼鏡に帽子にマスクの通行人が、アパレルショップの袋と一緒に座っていた。ん、あの人さっき猫カフェに居なかったか？

「あのあのセンパイ、今度はボクのも食べていいっすよ。はい、デミグラスをどうぞっす」

俺の思考は横に座る美少女後輩へと引き戻された。

「やっぱ要らない。おまえ全部食べな」

「えー？　突然そのノリの悪さはいただけないっすよ。センパイにもこの感動を味わってほしいので、どうぞどうぞ！」

だが颯は引き下がらなかった。まあ、間接キスにならない箇所を食べればいいか。

「しゃあねえな、一口だけだぞ」

押しつけられたオムライスを見る。外縁からくまなく食べ進められていた。間接キスにならない所がない。どんな食い方だよコイツ。

「……おまえ謀《はか》った？」

「えー？　今度はなんのことっすかねー」

いたずら成功を喜ぶような、あるいはこの時を純粋に楽しんでるような、そんな笑み。

いちいち疑うのも面倒臭い。俺は颯のオムライスを掬って口に入れた。デミグラスソースの芳醇《ほうじゅん》な味わいと、とろける玉子がマッチしてる。

「二度目……」

近くの席の眼鏡女性が、間接キスをカウントしていた。あの、あんま数えないで貰《もら》えますかね。こっちは颯を異性だと意識しないようにしてるんで。

「つ、つうか颯、これ間接キスだからな？」

そう、意識してないから、監視者が居ようとも平然と（平然と！）指摘ができる。

「あらら、それ言っちゃいますー？　男女のあいだでその指摘は無粋ってなもんっすよ」

「いやまあ言ってもいいだろ。おまえ、男友達みたいなモンでもあるしな」

「……えー？　センパイってば、さっきはその男友達みたいなのに照れてたくせにー」

颯が肘の先で、つんつんと俺の脇腹を触ってくる。その接触だけで俺は照れちゃいそうになったけど、顔には出さず持《も》ち堪《こた》えた。

「て、照れてねえよ。それ言ったら、おまえだって先輩に泣かされてんじゃん」

「あっ、それ持ち出すのずるいっす！　ずるセンパイ。次にその話題を出したら、つんつん攻撃っすよ」

プレゼントした指輪をつけた人差し指で、ぴしぴし空中を突《つつ》いてる。

「待て、食事中に仕掛けてくるのやめなさい。戦闘が始まればその可愛《かわい》いお洋服におソースが付いちゃう可能性大だ」

「そしたら、またセンパイの家でシャツ貸してもらって、彼シャツならぬ先輩シャツ姿になるだけの話っす」

「話にならねえよ。はしゃぐのは控えめで、零《こぼ》さず食えよ」

「はいっす。玉子うまー」

じゃれあいながら昼飯を食い進める。マナーはちょっと悪いけど、まあ、直接咎《とが》められる訳でもないからいいか。

「……イチャつき、すぎ……」

間接的には咎められてる気分だけど。

眼鏡にマスクの女は、まだ俺たちを監視している。かすれた声の外れた指摘。イチャついてねーよ、先輩後輩のよくある歓談だ。

それにしても、気味の悪い追跡者だった。颯目当てで付いてきたのかな。こいつの美少女っぷりは人目を惹《ひ》くからなあ。

「ふぅ。ごちそうさまでした」

空の容器に俺は手を合わせる。颯も「ごちそうさまっすー」と追随してきた。さっさとこの場を後にしよう。

「んじゃ、ゴミ捨ててくるわ。その容器ちょうだい」

俺が立ちあがると、颯も慌てて追従してくる。

「いえ、一緒に捨てに行きましょう。後輩としてセンパイに任せるわけにはいかないっす。なんならボクに任せてください！」

「いやいいよ。俺が行くから」

「いえいえボクが！」

また埒《らち》の明かない言いあいになりそうだ。それを颯も察してたんだろう。そいつは前のめりになって、俺の容器をぱしっと奪おうとするが――

「あっ」

――ヒールの高い靴を履いていたのを忘れてたらしい。ぐらりとバランスを崩す。

「っと、大丈夫か？」

寄りかかる壁になれたのは、我ながらファインプレー。

まるで演劇のワンシーンのような格好。颯《はやて》の顔が、普段よりも一層近かった。薄い化粧の乗った瞼《まぶた》が、ぱちぱちと瞬《まばた》き中。

しばし、俺たちは硬直する。気の利《き》いた言葉は交わされなかった。街だけが騒がしい。

やがて、颯が照れたように、にへらと笑った。口角があがって目が細まる。その血色のいい唇に、俺の視線が吸い寄せられたとき――


「直接キス、は、だめっ。見てられない……！」


俺たちの間に割って入る勢いで、誰かが近づいてきた。マスクと帽子と眼鏡を外した、その闖入《ちんにゅう》者の正体は。

「えっ。ひ、雛姫《ひなき》……？」

けさ、お誘いを断った義妹が、顔面蒼白《そうはく》のまま俺たちの前に立ち尽くしていた。

そいつは、隣りで驚いてる颯のことなんて気にもせず俺に詰めよってくる。

「質問っ……ふ、ふたりは、お付き合いしているの？　今みたいに、キスは、し慣れているのっ……？」

「ちょ、ちょっと落ち着こうか雛姫。まずは離れよう、なっ？　タレントみたいなもんだからマジで気を付けて」

　言って聞かせると、雛姫はすぅっと俺から離れた。幸いなことに、周囲からの注目はそこまで浴びてない。

　だけど、事態はなにも解決しちゃいなかった。雛姫の顔は沈んだままだ。

　隣りの颯が「こほん」と咳払《せきばら》いし、一歩前に出て明るく口を開く。

「えっと。はじめまして！　赤座《あかざ》雛姫さん、ですよね？　わたし、胡桃《くるみ》颯っていいます。あなたとは同じ学校の一年生で、センパイにはお世話に——」

「いいよ、そういうの。知ってるから」

　自己紹介を中断させる凍った声。

「最近、諒介《りょうすけ》兄さんと仲良くしてた子……だよね？　何度も見た匂わせピースと、手の形や指の細さが合致してる」

　こいつ刑事かよと思った。

　しかし青白い顔で、ゆらゆらその場で揺れている雛姫は、今にも倒れそうだ。そいつはまた重々しく口を開く。

「……諒介さんと、胡桃さんは、お付き合いを……してるんだよね？」

「してないって。朝にも言ったけど、こいつ男友達みたいなもんだからさ」

「……誤魔化さなくて、いいよ。なら、猫カフェでのやり取りは、なに？　アクセショップでのプレゼントは？」

「あれは」

擬似的とはいえ、颯をデート相手として扱ってた時のことだ。

男友達みたいなもの、という否定は通用しないように思えた。

「……っ。ぜんぶ、見てたのか？」

「そもそも、あの猫カフェは私の行きつけだから」

そういえば今朝、雛姫は『癒やされよう』と俺を誘ってきてたっけ。

ああそうか、雛姫は元々、あの店に行くつもりだったんだ。俺と一緒に。

そこでたまたま、女の子全開の颯とあそぶ兄を発見して、芸能人っぽく変装して尾《つ》けてきたんだろう。

「えぇっと、その、わたしとセンパイは、苦手の克服のために行動してただけなんです。彼氏彼女といった関係ではなく――」

「ううん。取り繕わなくていいの。見れば理解《わか》るよ……ああ、ごめんなさい諒介兄さん、お邪魔だったよね……また、あとで」

雛姫は、亀の速度でとぼとぼと歩きだした。その背は徐々に遠ざかっていく。

「…………」

俺は迷っていた。追いかけるべきか、放っておくべきか。

雛姫のあの調子じゃ、俺への叶《かな》わぬ恋は諦めてくれそうだった。望んでいた結末だ。振ることの確定してる告白はされないで済む。

けど。それ以前に、雛姫を傷つけてしまった。避けたかった結末だ。ぞわりと背中に粟《あわ》が立つ。せめて、慰めないと。その傷口を塞がないと――

「悪い、追いかける」

足を踏み出そうとした。

そしたら背中の生地がひっぱられる。颯が俺を引き止めていた。

「えっと、ボクは……？」

短い問いかけ。今日の遊び相手がじぃっと俺を見ている。

どういう含みがあるのか、いろいろ考えられたけど、とりあえず手短に対応。

「ごめん、今日は解散にしよう。埋め合わせはまた後日するから」

「……そうっすか。わかりました！　お気をつけてー」

明るい声とともに、ぱっと手が離れた。

「ああ、ちょっと行ってくる。またな颯！」

俺は雛姫の歩き去っていった方へと走りだす。

最後に一度だけ振りむいた。女の子らしく着飾った颯が見送っている。そいつは、今日何度も見せてくれた華やかな笑顔じゃなかったし、手を振ったりもしていなかった。

ただ静かに、俺を見送っていた。

※　※　※

目的の人物は、紙一重で人混みを避けながら、ふらりふらりと歩いていたから、割りかしすぐに追いついた。

「雛姫」

肩越しに呼びかける。ふらふら揺れてた長い黒髪が、ぴたっと綺麗《きれい》に静止した。

「……来ちゃったんだね？」

雛姫は振りむかないままだ。表情は見えない。けれど、語尾のあがった低い声には、歓喜と失望が入り混じっている——そんな気がした。

「そりゃ、大事な義妹が死にそうな顔してたら追いかけるわ。ひとまず落ちついて、話を聞いてほしい」

俺はそいつの前に出ると、手招きして誘導した。青ざめた顔の雛姫がこくんと頷《うなず》いて、俺の後ろを付いてくる。

ビルとビルの隙間に立ち、兄妹《きょうだい》ふたり向かいあう。細い青天は、この路地裏に充分な光を届けちゃくれない。雛姫の服に付いたフリルが影を落としていた。

「よく見たら、朝に着てた服とちがうな」

かっこいい系じゃなく、かわいい系のファッションになってる。

俯《うつむ》いてたそいつは、やがてぽつりと口を開いた。

「兄さんとお出かけ用の服で独り歩くのは、さびしかったから。試着してそのまま買った。

……そんな詰まらないことを聞くために、諒介兄さんは来たの？」

そんなわけはない。

「いや、えっと、誤解させたのを謝りたくってさ。そう、気にしないでほしいんだよ」

「……なんで、謝りたいの？　なんで、気にしてほしくないの？」

「え、それは」

雛姫の恋心に、正面から向き合わなかった罪悪感によるものだ。

俺と颯がカップルだ、なんて偽りの情報では傷つけたくない。

せめて真実を伝えて、その誤解だけは解くべきだと思った。

「と、とにかく。颯とは本当に男友達みたいな関係でさ。付き合ってないんだって！」

「……うん。そんなに言うなら、それは信じる」

雛姫の表情は、誤解が解けたにしては暗いままだった。また重々しく口を開く。

「……カップルじゃない女の子と、ああいうことが、出来るのなら……兄さんは、私とも、今日みたいなこと、出来るの？」

雛姫が俺に詰め寄った。ぐいっ。着ているシャツの襟を持ち上げてくる。近い。兄妹の近さじゃない。確保された犯人と刑事の距離。

眉根を寄せてる妹は、半分泣きだしそうだった。

「私とは……出来ないよね。『俺のことは気にするな』って遠ざけるよね。違う？」

とっくのとうに見透かされていたんだ。その告白の先延ばしを。

傷つけたくないがゆえのお願いは、いつしか、雛姫を傷つける命令に変容していた。

「兄さんは、私の想《おも》いに気付いてて——そのうえで、知らないフリをしている。そうだよね」

「……ああ、気付いてたよ」

雛姫の気持ち。俺なんかへの恋心。

いつから抱いてくれていたのか知らないけど、ありがたいことだった。

こんな可愛《かわい》い子に好かれるだなんて、異性の苦手な俺にはもったいないぐらいの経験だ。

「けど、その想いには応えられない」

遠回しな告白を遠回しに断った。

「……うん。知ってた」

雛姫は力なく、シャツの襟から手を離す。メディアでは発揮されない豊かな表情筋は、強がったようにムリな笑顔を作っていた。

「……今日の晩ごはん、兄さんの好物のシチューだって。遅くならないうちに、帰ってきてね」

「あっ……」

「ばいばい。またあとで」

雛姫がゆっくりと去っていく。傷つけてしまった背中。追いかける権利は既にない。だって、俺はあいつを振ったんだから。

出来立ての傷口をさらに抉《えぐ》るような、残酷な行為をしてしまった。

「なにやってんだよ、俺……」

冷や汗が湧いてきて、ぐらりと世界が遠のいていく。自己憐憫《れんびん》めいた身体反応だ。

「戻ろう……」

いまは罪の意識から逃れたい。

あの後輩と、くだらない話がしたかった。

元居たベンチに向かってみたが、当然その場に颯《はやて》の姿はなかった。

7　ハーフタイムおしまい

退屈な午後の授業を終えてボクは——訂正、わたしはうんと伸びをした。

おっとと、ここではお淑《しと》やかな胡桃《くるみ》さんで通ってるのに、無防備すぎたかな。

恐る恐るクラスを見回したけど、幸いなことに誰も気にしてはいないみたい。よかった。

みんな放課後どこに行くかの話し合いで夢中だ。

今日は木曜日。本来ならセンパイと会う日だから、予定は空けてあるんだけど——あのひとからの音沙汰はなし。

「…………」

わたしも気まずくて、置いてけぼりにされた日曜日から、連絡は送れてない。

当日はショックだった。あっ、仮にもデート中なのにそっち行っちゃうんだー？　ってね。

でも、あんな悲しげな顔をしてた雛姫《ひなき》さんを追いかけるのは、当然だ。

赤座雛姫さん。彼と同居してるお兄ちゃん大好きっ子。一緒に住んでる分、わたしより一緒に居る時間も長いだろうね。しかも超絶美人。

胡桃颯さんみたいな、紛《まが》い物で、『男友達みたいなやつ』よりは、もちろん優先度が高くて——あれっ、また自虐的な思考に陥ってる⁉

こ、こんなんじゃダメだって。表面上明るい所と、ひっそり乙女な所が取り柄だよ、わたし！

一喝すべく、化粧水を染《し》み込ませる時みたいに自分の頬をぺしぺし挟む。いつの間にか、熱い。

……このところ、センパイのことを想像するたびに体温上がってる気がする。

ええ、まあ、そうっすね。はいはい、何度だって認めますよ。

わたしは魔性の女ぶってセンパイを落とすどころか、在り方を肯定されて、逆に恋に落とされました。

ときめきとしか呼べない心の高まりと共に、「もうセンパイと生涯を添い遂げたい」くらいには思いました。はい。人生設計からしてチョロいかもしれません、颯選手。

「はぁ……」

ま、恋を自覚して有頂天になってたところで離脱されて、わたしのテンションは急転直下したわけだけど。

ただセンパイと一緒に居たいだけなのに、マイナスに振れたりプラスに振れたり……恋愛って大変だ。

まずはこの、ネガティブな思考を切りかえなくちゃ。

もっとグイグイ攻めないと、赤座雛姫には勝てない。ポジション争いは熾烈《しれつ》を極めるんだ。

そうだ、実家からの仕送りも入ったし、センパイをカラオケにでも誘っちゃおうかな。男女ユニットの甘いアニソンを、一緒に歌っちゃったりして、うへへ——

「ねえ」

教室を出てすぐにきれいな声で呼び止められた。

「えっ。赤座雛姫……さん？」

待ち構えてたかのようなタイミング。

恋のライバルが、真顔でわたしのまえを立ち塞いでる。制服を着てても芸能人オーラが漂ってるのはどういう仕様なんだろうね。

「……胡桃さんに、大事な話があるの」

「えっ？　わたしに大事な話？」

すっごく嫌な予感。

ようやく恋のトキメキを知れたのに「諒介《りょうすけ》さんと付き合うことになった」って告げられたら、むこう数ヶ月は立ち直れない自信あるよ。

「胡桃さんに、言っておきたいことがある」

「んー。そっかぁ」

愛想笑《あいそわら》いのない赤座さんと向かいあってるからか、わたし達はけっこう目立っていた。周囲から感じる好奇心。ま、現役バリバリの人気声優さんが、直接出向いてくれたんだもんねぇ。

彼女の話題は十中八九、センパイについてだ。わたし達の共通点はそれくらい。少なくとも、学校の廊下で話すようなことじゃない……かな。

「えーっと。それならカラオケにでも行きます？」

勇気を出して誘ってみたよ。

「行く」

あらま、二つ返事。親友めいた阿吽《あうん》のやり取りですね。まっ、わたし達のあいだに漂う軽微な緊迫感からは、まるで友の情を感じないっすけどねー！

「ありがとうございます。では、行きましょうか」

「……ん」

こうしてわたしは、恋のライバルと放課後を共にすることになった。

※　※　※

赤座さんは手慣れた様子で、受付のカラオケ店員とやり取りをしている。

「ドリンクバーコース。二時間で」

気を抜いていたら、二時間ものあいだ密室で二人きりになることが確定していた。ちょ、ちょっとばかし長くないっすかねー？　なんて文句はもちろん言えない。

店員さんから、伝票とコップを受け取り、ふたりしてドリンクバーへと向かう。

「…………」

「…………」

会話は起きなかった。気まずいなぁ。学校出てからずーっと気まずい。

「あ。待って。胡桃さん」

メロンソーダを注ごうとすると、赤座雛姫さんが声を掛けてきた。

「へっ？　どうしたんですか」

ここまでマトモな会話もなかったのに、このタイミングでなんだろう？

「うん。炭酸系は、喉への刺激が大きいから、歌う際の飲料として適していないかもしれない。ホットなお茶なんかにするのが、いいかもね」

「……わたしたち歌うんですか？」

「……？　せっかくカラオケに来たのに、歌わないの？」

いいえ、あの、曇り無きまなこで見つめられましてもね？

こちらとしましては『センパイについて話すんだろうけど、具体的に何を言われるんだろう。いやだな、こわいな』という思いで、このカラオケに赴いてるわけですよ。

でも赤座雛姫さん、どうやら歌う気満々です。

この調子なら、そこまで重い話にはならないかも？

やー、よかったぁ。いくら恋のライバルとはいえ、わたしも赤座さんのファンだからね。

仲良くしたい気持ちはそれなりにあるよ。

「カラオケまで来たら歌いますよねー。わー、赤座さんの生歌聞けるの楽しみー」

おすすめされた通りホットの紅茶を注いだ。

中身を零《こぼ》さないように慎重に歩き、割りあてられた部屋に着く。

「ここですねー」

中に入る。防音仕様のとびらが、がちゃっと閉められた。

「さて、今から二年前、私は兄さんに命を救われたのだけど――」

「ノンストップで重そうな話に⁉」

「かつての私は中学校に馴染《なじ》めず、両親の再婚も受け入れられず引きこもりと化し――」

「ま、待ってください、せめて座る猶予をください……！」

危うく立ったまま『赤座雛姫の生涯・中学生編』に突入するところだった。

わたしは紅茶を置き、急いでソファーに座る。き、気が抜けないなー……

「失礼。話を急ぎすぎたみたい」

気付いたように対面に座る恋のライバルさんだった。

それで、ええっと？　赤座さんが、元は引きこもりで、センパイに命を救われた？

そこまでは把握できたけれど。そもそも前提として――

「どうして過去の話を？」

「それは……」

「それは？」

「私が諒介《りょうすけ》さんを好きになったキッカケについて、同じひとを好きになったあなたに、知っておいて欲しかったから」

「っ」

思わず背筋が伸びた。その様子を見て、赤座さんは少しだけ口の端を上げる。

「否定、しないんだね。好きじゃないって」

「……ええ、まあ。恋愛的な意味で好きですよ。センパイのことは」

「だよね。知ってた」

なんでもないように彼女は言った。

「デート中のあなたを覗《のぞ》き見してたら、痛いほど伝わってきたもの……あれで好意に気付けない兄さんは、にぶいを越えて、鉄」

恋のライバルに意中の彼が鉱物扱いされてますね。

「それでも自慢の兄さんなの。凄《すご》いんだよ……学校に馴染めないで、部屋に引きこもってた中学生の私の、身の回りの面倒を、見てくれたの」

「面倒……ですか？」

「うん、そう。受験で忙しいのに『大事な妹のためだから』、『傷ついてるところを見てられないから』って。話し相手になってくれたり、料理を作ってくれたり……動く気力すら失った私を着替えさせてくれたり。一緒に寝てくれたり」

「へー、そうなんですねー。後半部分は本人から詳しく聞きたいなー」

場合によっちゃあ通報も辞さないかまえっす。

「あっ。兄さんの名誉のために言っておくと、変なことはされてない……よ？」

「……まぁそうでしょうね。センパイのことです。邪《よこしま》な気持ちなんてないでしょう」

異性が苦手と豪語してたあのひとのことだ。きっと歯を食いしばって耐えながら、義妹さんのお世話をこなしてたはず――そう信じていいですよね？　ね!?

「兎《と》にも角《かく》にも、諒介兄さんの献身のおかげで、私はまた、人生を歩みだすことが出来たの」

わたしの猜疑《さいぎ》心とは関係なく、赤座さんの語りは進行する。

「中でも、いちばん大きかったのが――少し待って。一言一句伝えたいから」

彼女は小さなメモ帳を取り出し、パラパラとめくりだした。次から次へとマイペースな子だなぁ。

「え、今度はなんすか。それは……？」

「うん。『兄さんからの大切なお言葉』が記されてる魔法の書だよ」

画面で見るより実物のほうがブラコンだぁ。

「見つけた……これは、寝れない私と諒介兄さんが、深夜アニメを観てた時のやり取り」

「あらら、微笑《ほほえ》ましいですね」

嘘《うそ》だ。こんな可愛《かわい》い子と羨ましいエピソード作っててんじゃねーっすよと思った。

「当時私は、学園ラブコメを観て羨んだの。恋するヒロインが、引きこもりの私の億倍は楽しそうに生きてたから。それで、『私もこんな風になれるかな』って、呟《つぶや》いたんだ。そしたらね――」

彼女はそこに書き記されてるであろう、かつてのセンパイの言葉を読みあげた。

「『雛姫《ひなき》もヒロインになれるから安心しろ』って。『不安なら、これからは俺が、兄として付いてることを思い出せ』って。それで……惚《ほ》れた」

「惚れちゃいましたかー」

ずっとノロケを聞かされて、わたしの相槌《あいづち》も軽くなってきた。ずずずと紅茶を啜《すす》る余裕まで出てきたよ。

同時に、彼女のなかで兄の存在がどれだけ大きいのかも理解してきた。

「あのあの、赤座さんが声優業をやってるのも、もしかして？」

「うん。兄さんの後押し……」

わたしの好きなひと、ちょっと活躍しすぎじゃないかなー？

「諒介さんがそばに居てくれるから、私は世間に漕《こ》ぎ出せるの。声優として、誰かのヒロインになれる。兄さんの言葉には魔力がある……凄い」

や、それはセンパイが凄いんじゃなくて、赤座さん自身が凄いんじゃないかなー？

「そのまま、諒介さんのヒロインにもなりたかったんだけど……無理だった」

「え？」

「このままの日曜日に、告白して、振られた」

「えっ。えええええええええええっ!?」

カラオケボックスだったから思いっきり大声で驚いてやりましたよ。

結ばれた報告が来るんじゃないかと怯《おび》えてたら、まさかのその逆。

恋のライバルは、さらっと失敗を教えてきた。

「結果は予測できてたけど……ね」

「ど、どうして？」

「最近、遠ざけられてたから。どれだけアタックしても振り向いてくれないし……そもそも一緒にお出かけしても、胡桃《くるみ》さんとみたいなデートの雰囲気にはならなかったよ。妹扱いばっかり」

「あー。あーあー！　いや、わたしも似たようなもんですよ。想像できちゃいますねー、その光景！」

男友達としての扱いを受けていた間の、妹バージョンだと思えば合ってるはず。

それはヤキモキさせられるだろうなぁ。

赤座さんはお茶を一口だけ啜り、悲しむでも怒るでもなく、淡々とこう告げた。

「私には、もはや望みはないみたい。だからこそ、後を託したい……同じひとを好きになったあなたに。今日はそれを伝えたかったの」

「……はあ。わたしに、後を？」

復唱してみたけど、全然しっくりこなかった。

「うん。胡桃さんのまえでの兄さん、見たことない表情をしてたから。あるよ、望み。きっと、あなたになら」

「えっと……それで、いいの？」

何を言い出すかと思えば、彼女の口から紡《つむ》がれたのは敗北宣言だった。

「気を悪くしないでほしいんですけどね。その……ライバルにポジションを奪われて、悔しくないの？」

どうしてだろう。質問してるわたしの方が、もう悔しかった。

そんな、諦めたような微笑を浮かべられても困る。

「……私はもう、終わったから」

「そ、そんな簡単に閉じないでくださいよ」

恋の競争相手が減って嬉《うれ》しいはずだった。

なのに、納得いかない。

「センパイの言葉書いたメモ帳を持ち歩くほどの激重感情を語っておいて、引《ひ》き際《ぎわ》が軽すぎませんか？　赤座さんの覚悟って、そんな簡単にポイしていいものなんですか」

「うぐっ……」

図星を突かれたみたいな幼い声。

どれだけメディアで雛姫さまと呼ばれようが、所詮、わたしと同い歳《どし》の女の子なんだ。

鉄の仮面を被《かぶ》っていても、その裏には、引きこもってしまうほど柔らかい心が眠ってる。

「そんなふうに、誰かに後を託さないでください」

雄弁に語りながら「こんなこと言うだけ損だ」と思った。

でもだめだ、エモーショナルな部分が駆動して止まれない。

わたしは、愚かにも重ねてしまっている――サッカーから逃げた自分と、センパイから逃げそうな赤座雛姫を。

あの日のわたしを励ますように、この、諦めそうな女の子にエールを送りたかった。

「まだ試合は終わっていません。振られてから始まる恋もあると、むかし上の兄が言ってました」

告白までを『前半戦』とするならば、返事をもらってからが『後半戦』だ。

「赤座さんぐらいの選手なら、ここから始まる『後半戦』も走り抜けられるはずです」

体力の無いわたしとは違って。

「どうして振られたのか、理由は聞きましたか？」

「……ううん。兄さんとは、あれから喋《しゃべ》ってない」

赤座さんはふるふると首を振った。

「まだまだ、好きなのに。好きだからこそ、また拒絶されるのが、怖くて……喋れない……」

「なら、もういっそ呼び出しちゃいましょうか」

「え？」

わたしはセンパイに電話を掛ける。

「振られた理由なんて、直接あのひとに聞いちゃえばいいんですよ」

他人事《ひとごと》にしてみたら、恋愛って簡単でいいなぁと思った。

※　※　※

恋愛に対して、当事者意識を持って当たらないといけなかった。

「——教えてほしいことがある。響也《きょうや》」

駅前のファミレスで、俺は経験豊富なアドバイザーと向かいあう。

そいつは濁った色の飲料水（ドリンクバーで混ぜてた）に口づけてから言った。

「オッケー、返却された国語の小テストの点以外、なんでも聞いてくれ！」

「ちなみに聞くけど何点だったの」

「3点！　って言わすなよう」

恨めしげな目を向けられて、俺はこいつ（アホの子要素有り）を頼りにしていいものかと心配になった。

いや、いいんだ。俺は響也を親友として信頼している。だからこそ、相談相手としてファミレスに呼び出した次第。

「で、教えてほしいことなんだけど——」

そこで言いとどまった。

雛姫に告られてお断りした、と説明するのは憚《はばか》られるな。まだ俺の中でも消化しきれていないことなんだ（雛姫を振ったときの顔が夢に出て飛び起きた程度には）。

いったん間接的な表現でぼかしておこう。

「その、俺……異性を傷つけてしまって」

「あー。そうなんだ。雛姫ちゃんの告白断ったんだ〜」

「秒で当ててくんな、おまえ実は国語得意だろ！」

恋愛絡《がら》みになると鋭いやつだった。

俺のツッコミに、響也はからからと笑ってみせる。

「だってだって、今週入ってから過去一で浮かない顔してたしな〜？　大方そのあたりなんじゃないかと予想してたよ」

「……なら話が早いわ。で、相談なんだけど」

「んー。言ってみー？」

「どうすれば俺は、雛姫を傷つけずに、告白を断れたかな」

あの日からずっと後悔しているんだ。もっと優しい、ふんわりとしたお断りの言葉はなかったかなって。

異性との経験豊富な響也なら、もっと良《い》いやり方を知ってるに違いなくて——

「あのさ、そんな方法ないから」

「え」

「ないよ。ないない。傷つく可能性のない告白なんてないんだって。あなたとひとつになりたいですーと申してる行為に、傷を負うリスクがない訳ないから！」

「おまえやっぱ国語得意だよな?」

いつもは抜けてる雰囲気のクセに、恋愛の話になると小難しいことを言ってくるやつだ。

怪しむ俺を「まぁまぁ」と制して、響也は持論を展開する。

「設計上、近付いては傷つけあうのが恋だから。どちらも無傷のまま過ごそうなんて考え自体がそもそも甘いってね。このコーラグレープメロンソーダぐらい甘い!」

どろっと濁ったジュースを啜る響也。本人の意志に背いてモテるこいつは、過去にどれだけの傷をつけあってきたんだろう。

「まっ。雛姫ちゃんとしてもさぁ、傷つくのを覚悟のうえで告白したはずでしょ?」

「それはまあ……たぶんそうだな」

「じゃあ、その傷の責任を諒介《りょうすけ》だけが背負いこむのは、双方の繋《つな》がりが欲しかったあの子の覚悟がむだになったみたいで、なんだかな~。ってのがオレの感想だよ」

濁ったジュースを飲み干して、お気楽なトーンで続けてきた。

中性的な顔がにこりと微笑《ほほえ》む。世間話でもするような雰囲気だったけど、俺の至らなさを責めてるようでもあった。

「……そうか。そうだな」

あいつからの恋の矢印の存在を知ってたのに、俺は向きあおうとしなかった。

俺に、恋愛する資格がないから？　違う。異性を傷つけることでトラウマが刺激されて、自分が傷つくのが怖かったからだ。

雛姫《ひなき》のことを真に想《おも》っての回避じゃない。ただの自己保身からくる防衛反応——

核心に至ったそのとき、スマホが震えだした。

「お、着信？　出てい－よ」

「ああ、相談中に悪い」

画面には『颯《はやて》』の文字。日曜日に別れて以来の連絡だ。あっちもこっちも気まずかった。

俺は普段通りの調子で電話に出る。

「あー、もしもし颯か」

『いま赤座さんと居るんすけど、センパイも来れたりしますか－？　聞きたいことがありまして』

前置きなんて無視した誘い文句だった。

どうして二人が一緒に？　それに、いつもの颯らしくない対応に、少しばかりの違和感を覚えたけど……

「行く。場所教えて。ちょうど今、雛姫に話したいことがあるんだ」

とりあえず現地へ向かうことにした。

※　※　※

響也が「ここはオレに会計を任せて先にいけー！」と送りだしてくれたから、俺はすぐにファミレスを出ることが出来た。

目当てのカラオケにたどり着いた俺は、店員さんに部屋番号を教えてもらう。

廊下には、迸《ほとばし》る若さをそのままぶつけたような歌声がいくつも漏れ聞こえていた。放課後に騒ぎたいときは鉄板だもんな、カラオケボックス。

「ここか」

俺は、雛姫たちが待っているであろう部屋の前に到着した。

ふたりきりのカラオケという盛り上がりに水を差さないよう、ゆっくりと扉を開ける。

「ご趣味はなにを？」

「ぷちぷち、潰してる。梱包《こんぽう》の」

「あ、そうですか。ぎゅぅって絞ると一気に鳴って気持ちいいですよね」

「……もったいないから、それはしない」

「あ、そうですか……」

ハズレのお見合い会場に来てしまったみたいだ。帰ろうかなぁ。

音を立てるように扉を閉めると、ふたりの顔が一斉にこちらへと振り向く。

「せ、センパイっ！　来てくれたんすね！」

よっぽど気まずかったんだなぁと思った。

「つうかどういう経緯だこれ」

「あ、はい。どちらが先に歌うか譲りあいになって、ならもうお茶会しようということになったものの、お茶会適性が互いになく、現在に至るっす」

「いや、もっと根本の話……まあいいや」

どうしてウマの合わないふたりが同席してるのか知りたかったんだ。仲良くなったわけでもないなら、たぶん——

「その。兄さんに、聞きたいことがあって」

——俺のことでも話題にしていたんだろう。

雛姫は膝のうえに両手を乗せて一切頭を動かさない、デッサンのモデルみたいな佇《たたず》まいでこちらを凝視していた。

「……雛姫」

傷つけてしまった異性を見ただけで肌にぞわりと来る。

それでも俺たちは、正面から対峙《たいじ》しないといけなかった。

「ああ、なんでも聞いてくれ。でも、そのまえに謝らせてほしいんだ」

「……謝る？」

「気付いてたクセにおまえの気持ちを遠ざけて、向き合おうとしなくて、悪かった」

まどろっこしい前置きも抜きにして、俺は言う。腰を折って頭を下げた。

「俺、異性に対してトラウマがあって……正直に言うと、女の子が全員ニガテなんだよ、無条件に」

「えっ」

顔をあげると、雛姫は母音一文字を発して固まっていた。

「……し、知らなかった。いつから？　いつから苦手なの？」

「小学生の頃からずっとだよ」

雛姫が目を丸くしてる。

俺が頷《うなず》くと、身を乗り出して聞いてきた。

「……引きこもってた私のお世話も、その状態で、してくれてたの……？」

「ああうん。バレてないならよかったよ、上手《うま》く取り繕えてたみたいでさ」

「……私の告白を断ったのも、その、女性へのトラウマが理由……？」

「それだけじゃない。雛姫はアイドルみたいな声優だろ？　ファンが沢山いるし、それに、妹として認識してるから……その想いには、やっぱり応えられない」

「……そっか。そうなんだ……聞きたかったこと、知れて、よかった……」

落胆したように声が沈みゆく。

少しずつ治りかけていた心の傷を、また一段と深く、抉《えぐ》ってしまったかもしれない。

それでも知っておいてほしかった。

俺のトラウマからくる自動的な反応で、その恋を終わらせたくなかった。

たとえ雛姫を傷つけたとしても、納得のいく形で終止符を――

「……そう、か。それらの障害を、ぶっ潰せばいいのか」

「へ？」

「まだチャンスはあるって教えてくれて、ありがとね、諒介兄さん」

――恋の終わりに相応《ふさわ》しくない野心的な笑み。

「は？　い、いや、何言ってるんだ？　俺とおまえの間には、付き合えない要素がてんこ盛りで！」

「うん。聞いた。つまり、その付き合えない要素を一個ずつ、丁寧に、排除していけばいいんでしょ……？」

「ど、どういうこと？」

終わろうとしてたはずの恋が新展開を迎えて、お兄ちゃんちょっと付いていけない。

終止符じゃなく疑問符を浮かべていると、雛姫は「だからね」と補足する。

「ファンにも親にも、付き合うことを納得させて／兄さんにトラウマを克服してもらって／私への認識を『妹』から『恋愛対象』に変えれば／望みはありうる。そういうこと、よね？」

「い、言ってない、言ってない！　その論理はおかしくないけどおかしい！」

俺は右の手を高速で往復移動させたけど、雛姫に聞いている素振りはなかった。

「すでに彼女が居たなら、諦めるしかなかったけど。そういうわけでも、ないみたいだし……」

「っ」

雛姫の流し目が、一瞬だけ颯に向けられた。しかしすぐ俺に戻って射貫かれる。恋のパワーが迸るきらめいた瞳。

メモ帳を取り出した雛姫は、かつて俺がしたお願いの書かれたページを開く。

『俺のことは、しばらく気にしないでほしい。少なくとも、「いい」って言うまでは』

「この言いつけはもう破るね」

びりびりびり。

「物理的に破られた……！」

「以後不要だから。これからは、諒介兄さんのことを気にしまくるよ……ここからが『後半戦』らしいので」

右の手が縦向きに差しだされた。

「正々堂々よろしく、兄さん」

「……ああ、わかった。了解。これからはおまえの好意、見て見ぬふりしないで、ちゃんと受け止めるから」

スポーツマンシップ的ななにかに則《のっと》って、俺はその手を取ろうとしたけど——

「やっぱ握手は勘弁」

自分からは触れなかったから、握手するフリにとどめておいた。雛姫にくすっと笑われる。

「諒介兄さん……ここは流れで、異性への苦手意識を克服してもいいところ……だよ？」

「無茶を言うな。数年単位の筋金入りだぞコッチは。妹とは言え、女子に自分から触れるとかありえないっつの」

「ふふっ。女の子扱い、ごちそうさま？」

「コラ、俺の苦手意識を美味《おい》しく味わってんじゃねぇよ。ぺっしなさい、ぺっ」

「むーりー……」

手のひらで唇を覆い隠している。ああ、懐《なつ》かしいな。入院前は、こんなやり取りが日常茶飯事だった。

良くも悪くも帰ってくる。義妹との距離の近い生活が。それも、すでに好意を寄せられてると知っての再開だ。

これから始まる『後半戦』とやらの大変さを予見して、俺はカラオケのソファーに腰を深く落ち着けるのだった。

間章　果たしてわたしの心境や如何《いか》に

カラオケボックスの片隅で、感動的な場面を見せてもらいました。

それで、すっかり傍観者のボクは——わたしは、ここからどう話に入っていけばいいんすかね。

「いやぁ、つうか、ここまで走ってきたからマジで喉からからだわ」

「うん。お疲れさま。私の口づけでよければ冷たい緑茶あるよ」

「妹の口づけだとよくないし、ドリンクバーん中に浴びるほどあるんだわ」

仲睦《なかむつ》まじいやり取りだ。先程までの気まずそうな兄妹《きょうだい》の姿とは大違い。

いやぁ、失敗失敗、感情任せに利敵行為してしまったー……ライバルを勇気づけちゃうなんて、策士の才能ないね、わたし。

ここで復帰のお手伝いをした雛姫《ひなき》選手をご紹介。まず、ずばぬけて顔が良《い》いです。しかも彼と同居していて、今をときめく人気声優。なんと、すでに好意まで伝えています。厳しく不利な条件を前にして、走る覚悟すら宣言していました。

「…………」

すでに控えのベンチに座ってる気分。

センパイを落とそうとしてる時はよかったな。安全圏からイチャつけて、楽しくて、どきどきした。恋の始まる前のきらめきを凝縮したみたいな時間だった。

でもセンパイに落とされてからは、命綱なしで重力にひっぱられるみたいで怖かった。

他のだれかに、彼の隣りが独占されるのを想像する。それだけで息苦しくて、逃げたくて――

「颯《はやて》」

優しい声。

「えっ！　あっ、はい！」

呼びかけられただけで、胸の奥がびぃんと張る。わたしは現実へと引き戻された。あ、危なかった。感傷的で良くない颯ちゃんが出てきちゃってたよ。

「えぇっと、なんですか！」

「おう良い返事……いや、お礼言いたくてさ。ありがとな、おまえが電話で呼び出してくれたおかげで、妹と仲直りできたわ」

「あー、いえいえっ！　センパイが雛姫ちゃんに真摯に対応したからこそっすよ」

後輩らしいヨイショをどーん。

「ちなみに、わたしの冷めた紅茶もあるんで、こちらに口づけてもいいっすよ？」

後輩らしい茶目っ気もどーん。

「お、おまえまで乗っかってくるんじゃない。ややこしくなるだろうが」

なんとか空元気で返すと、センパイは首に手を当ててそっぽを向いた。あ、照れ隠しっぽい対応。かわいいなぁ。

ああ、センパイのこと、諦めたくないなぁ――

まだ告白もしてないのに、諦めが選択肢に入ってるのか。

「あはは」

ちいさく空笑い。

心の奥では負けを認めてる気がして、わたしは赤座さんの無表情を見れなかった。

8　義妹ちゃんフルスロットル

金曜の朝。全身に感じる不快感で目を覚ました。

いくら夏直前とはいえ、気温の上がり方やべえな……寝起きからすでに汗だくだ。これは登校前にシャワーを浴びないと。

「ふぁーあ……」

疲れからくる欠伸《あくび》をひとつ。きのうは颯たちとカラオケをして、帰って夕飯を食って、すぐに寝ちゃったんだよな。驚異の11時間睡眠だ。

このところ悩み事が多かったからな。

「さて、疲労は残ってるけど起きるか」

「そうだね諒介《りょうすけ》兄さん」

「ほぎゃああああああああ⁉」

俺は悲鳴をあげてベッドから転げ落ちた。恐怖・起きたら半裸で寝床にいる義妹！

「なになになに、いつから同衾《どうきん》してた俺たち⁉」

一緒に寝た記憶なんて当然ない。眠そうに目をこする雛姫は、おなじく全身に汗を浮かべながら、俺の使ってたタオルケット内で寝転んでる。盛りあがった胸のあいだの水滴が目に猛毒。

「深夜1時ぐらいから、眠りの邪魔をしないよう、寝具に入ったよ。あ、異性ニガテな兄さんには指いっぽん触れてないから、安心してね。このとおり」

雛姫の差しだした細い両手首は、さらに細い紐《ひも》で縛られていた。どうやって自縛したんだよコイツ！

「言い忘れてたけど、俺、異性に触れられるのはギリＯＫ。触るほうが無理だから」

「じゃあ、意味なかった……？」

幼い表情でしょぼんと落ち込まれた。

「い、いや、配慮はありがたいんだけど……」

大事な妹をフォローしなくては。という使命感が湧いて出てきたけど、そもそも一緒に寝なきゃいいだけの話だこれ。

「雛姫。どんな配慮をしても、思春期の男女が交際関係もなく、おんなじ場所で寝てはいけません」

「ふうん。そうなんだ。ところで、誕生日前夜に兄さんは、胡桃《くるみ》さんの家に寝泊まりしていたはず……違う？」

「違いません」

「胡桃さんの家にゲストルームは？」

「ありません。ワンルームに雑魚寝《ざこね》でした」

「思春期の男女が交際関係もなく、おんなじ場所で寝てはいけません。めっ」

「ご、ごめんなさい」

いつの間にか攻守が逆転していた。俺が叱られてるし、俺が謝ってた。なんでだ？

雛姫は縛られた両手をもぞもぞさせながら、無表情でこう続ける。

「でも、過去に一緒に寝ていた時期があった場合、不問とする……私は不眠症ぎみだった中学時代、兄さんに毎夜寝かしつけられていた為《ため》、もちろんこのケースに該当する。よって、今後も一緒に寝るものとする」

「都合いい法律みたいなの作んな。いいから、さっさと起きなよ雛姫」

動こうとしないからタオルケットを引っ張った。するとソイツは「あーん」とか言いながら縛った両手でしがみついて離れない。

「……しばらく遠ざけられてたんだから、このまま二度寝くらいは、してもいい……でしょ？」

俺の普段使いしてる寝具に、顔を半分うずめて言う。上目遣いで抗議のかまえだ。

雛姫の気持ちを避けてきたことを追及されたら、ちっとばかし弱るんだけど。

「でも駄目だ、起きなさい。こんな光景を、もし家族に見られでもしたら——」

がちゃっ。

「諒介く〜ん？　さっきすごい悲鳴が聞こえたけど、どうしたの〜？」

終わった。スーツ姿で出勤前の義母が部屋に入ってきた。

「あら〜？」

右頬に手を当てている母親は、交互に俺たちを見る。

汗だくで半裸の娘（両手首を縛られている）と、その子からタオルケットを引き剝がそうとしてる俺。

母親の視点からすれば『朝から大事な愛娘《まなむすめ》にＳＭプレイを仕掛ける義理の息子』という激ヤバな光景だ。離婚調停に発展してもおかしくない。ど、どう言い訳すればいい、考えろ、考えるんだ俺……！

「ああ違うんですよ！　これはそう、あの——」

必死に頭脳を回していると、やがて彼女は穏やかな表情で言った。

「ん〜とね〜。お母さん、自由恋愛派だから止めないけれど〜。退学になるようなことだけは、しないようにね～」

「……うん。一線は越えないから、安心して」

「ならいいのよ～」

「えっ、注意それだけ⁉」

雛姫がピースサインを向けると、義母は納得したように頷《うなず》き「ごゆっくり～」と部屋から去っていった。

「ふふっ、諒介兄さんには、引きこもり時代の私の面倒を見てた功績、あるからね……おかーさんからの信頼も、ぶ厚め」

「そ、そうか。当時の俺、家族のために無理した甲斐《かい》があったなぁ」

おかげで大問題には発展しなかったが、外堀をかなり埋められた気がした。片方の親から公認得ちゃったじゃん。

冷や汗の混じった体表をタオルで拭きながら立ちあがる。

「ま、まあいい。二度寝も許す。朝ごはん出来るまでには降りてくるんだぞ」

「わーい……おやすみなさい。あ、兄さん、言い忘れ」

「……どうした？」

「今日こそ一緒に学校、行こ？」

上目遣いでお願いしてくる雛姫《ひなき》。断る理由を探してみたけど、とくになかった。

「はいはい……寝過ごしたら置いてくからな」

そう言い残して部屋から出たけど——

そういえば、雛姫が高校に入ってから、初めて一緒に登校するな。

雛姫からアプローチを受ける生活は、よりパワーアップして帰ってきたみたいだ。

※　※　※

昼休みを告げるチャイムが鳴った。さてと、今日はどこで飯を食おうかな。

響也《きょうや》はすでに教室から出ていないし（女友達のところにでも行ったんだろう）、適当な男グループに混ぜてもらうか。

いや、ここはあえて、久しぶりに颯を誘うのも——

「兄さん。一緒に昼食、取ろ」

「そうだよなぁ、おまえが来るよなぁ」

弁当箱を持った雛姫が現れた。クラスメイト達は来訪した後輩女子に興味津々《きょうみしんしん》だ、遠巻きに感じる視線の多いこと多いこと。近くの席のKさんなんか、俺に直接質問してくるほどだった。

「えっ、赤座くん……どういう関係？」

「ああ、こいつと俺って名字が一緒でしょ？　兄妹《きょうだい》だよ。一緒に住んでるんだ」

Ｋさんの質問に、俺は作り笑顔でもって返した。

「きょ、兄妹かー！　そうなんだ、よかったぁ」

なぜか胸を撫《な》で下ろしていたけど、そんな安心する情報だっただろうか。

「……おなか空いた。早く食べよ、兄さん」

雛姫は近くの空席を借りて、俺の真横に座った。肘と肘が当たる。ついでに、そいつの胸で主張してるふたつの物もちょい当たった。きょ、兄妹の距離感じゃないし、飯食う距離感でもねえよ。エスケープ。俺は椅子を浮かせて雛姫から離れることにした。

「逃がさない」

椅子を浮かせて付いてきた。こいつ、回避不能のイベントボス？

「あ、あははっ。お年頃の兄妹にしては、仲良しさんなんだね」

箸の止まってるＫさんが苦笑いをしていた。その手がどこか震えてるのは、まぁ気のせいだろうな。また、近くの席の男子グループが俺たちを見てなにやら喋《しゃべ》っていた。

「諒介って雛姫さまと兄妹だったんだ……」「珍しい名字が被《かぶ》ってただけじゃないのか」

「羨ましい」「普通に呪うか」「藁《わら》人形と釘《くぎ》持って丑三《うしみ》つ時《どき》集合」

俺が呪殺される可能性が浮上しているな。

「兄さん兄さん、私、口移しはまだ恥ずかしいけど、食べさせ合いっこまでなら即座に対応できるから。いつでもお願いしていいよ？」

「は、ははっ。メディア用のブラコンジョークの練習か？　日頃からキャラ作りに余念がないな。よっ、新進気鋭の人気声優！」

「に、兄さんに褒められた……えへっ、えへへー」

他人の前だから表情は崩してないけど、雛姫は白っぽい頬を赤らめていた。よしよし、上手《うま》く誤魔化せたな。

その後も、周囲から注目されたりやっかまれたりしながら、俺たち兄妹は昼休みを共にしたのだった。

※　※　※

帰りのＨＲが終わって放課後になった。教室から出たところで考える。さてと、今日は何をしようかな。

響也は暇そうな顔で遠くからこっちを見てるし、昼間に呪ってきたあいつらと遊んで印象を回復しておくのも悪くない。いや、ここは颯《はやて》を誘ってのんびりアニメでも——

「諒介《りょうすけ》兄さん、共に素晴らしき放課後を過ごそう」

「そうだよなぁ、おまえが来るよなぁ」

なんかデジャブだった。授業中を除いたら朝から一日中、行動を共にしている気がするな。流石《さすが》にどーなのと思って俺は聞いた。

「あのさ。仕事とかレッスンとか友達付き合いとか、色々あるんじゃないの？」

「ない。オフ。行こ」

せめて文章で返してほしいなと思った。

「おーっと待った義妹ちゃん！　久しぶりの再会で苦言を呈させてもらうけどさ、お兄さんが困ってるだろ？　諒介にはこの後オレと、秘密の薔薇園《ばらえん》にてメンズトークで盛り上がる予定があるんだぜ！」

「響也！」

俺のピンチに颯爽《さっそう》と親友が現れた。ここぞというときに助けに入ってくれる、頼れるやつだ。さすが、付き合いが長いだけある。

「諒介兄さん、寄り道しよ。新発売のバーガーが食べてみたいの。あ、響也も来たいなら来ていいよ」

「……あ、ありがとなぁ、雛姫ちゃんっ」

頼れるやつが頼れなくなったので放課後の予定が確定した。

まぁ、なんにせよ響也が来てくれて助かるな。今の雛姫とふたりきりだと、どんな恋愛絡《がら》みのイベントが発生するか気が気でない。

その恋愛感情に向きあうとはいえ、俺はまだまだ異性が苦手だ。いきなりフルスロットルで来られても、その速度には付いていけなかった。

人数は多い方がいいだろう。そうだ、颯のやつも呼んでみようかな。

「センパーイ」

「ん？　おお、良《い》いところに来たな」

連絡を取るまでもなく颯が来た。いつもより声が小さいのは、お淑《しと》やかな『胡桃《くるみ》さん』のイメージを、上級生の前でも保つためだろうか。

「はい、来ちゃいました。センパイ、よかったらこの後ふたりで――」

途中で言葉を止めたのは、俺の背後に立ってる雛姫の存在に気付いたからだろう。

「おおっと、先約がありましたか」

「ん？　気にすんなよ。これからハンバーガー食いに行くんだ、おまえも来ない？」

「ああいえ、わたしのことはお気になさらず。これでも空気は読める女っす。では、また今度ですね。センパイ」

「あ？　空気ってなんのこと」

聞き返した俺を無視して、そいつは来た道にUターン、鞄《かばん》に付いてる狐《きつね》のぬいぐるみが、大きく揺れる。振り向きざま、颯の顔から柔和な笑みが消えてたのは気のせいかな。

「ふうん」

雛姫が表情も変えないで呟《つぶや》くと、優雅に歩き去ろうとする颯を追いかけた。その背に静かな声をかける。

「ねえ。いいの、そんな及び腰で」

「……い、いいのです。今日のところは」

振り向かない颯。今度は優雅さのかけらもない早足で颯爽と歩き去っていった。どこかピリついた雰囲気が霧散する。雛姫は嘆息して俺を見あげた。

「いいんだって。行こ、諒介兄さん」

「お、おお……残念だな」

どうしたんだ、颯のやつ。きのうのカラオケだって、あいつはどこか浮かない顔をしていた気がする。少し気掛かりになりながらも、俺は颯と反対方向に歩きだした。

※　※　※

ファストフード店へ向かう道中、俺たち三人は広い街道を横並びで歩く。その途中で、なにげなく俺は言ったんだ。

「颯のやつ、元気なかったな」

「そうだね、いつもの颯くんじゃなかったように思うな～」

正体を隠してた頃の名残で、未《いま》だに『くん』付けしている響也が言った。

「諒介も気付いたんだね。なにか思い当たる節でもあった？」

「いや、あいつが凹《へこ》むようなことなんて特には……あっ」

思い当たった。雛姫の件があったから忘れてたけど――俺、日曜日にあいつのことを置き去りにしていったんだよな。

まだ本人に謝れてはいなかった。さっきの颯は、その件について、ふたりきりで問いただすために来たのかも……色々やらかしちゃってんなぁ俺。

「やべぇ、緊急事態だわ。俺、可愛《かわい》い後輩の機嫌を損ねちゃったかもしれねぇ」

「……そこで斜め上の方向に行っちゃう兄さんが、好きだよ？」

「その告白はゴメンナサイだけど、うわっ、どうしよ、謝り入れた方がいいかなコレ」

「うーん。手遅れになる前にすぐメッセージを飛ばした方がいいかもね～」

全く以《もっ》てそのとおりだ。俺はモテ男の助言に従って、急いで謝りを入れた。『ごめん颯、まだ怒ってる？』と送信。

すぐに返事がきた。

『なんのことですか？　べつに怒ってないですよ』

「やべぇ、びっくりマークもスタンプも気安さもないぞ。どーすんだこれ、確実にブチ切れしてんじゃん……！」

「……ネットでのやりとりは苦手な兄さんが、好きだよ？」

「その告白はゴメンナサイだけど、謝って済まないとなると、え、どうしよう。どうしたもんかな」

置いてけぼりにした埋め合わせをするべきだと思った。

となると、土日のどちらかに、また颯と遊ぶ約束を入れたい。

しかし応じてくれるだろうか？

「……やべぇな」

今になって颯を誘うのに緊張している俺がいた。

颯は男友達みたいなもの……のはずなんだけどな。そんな呪文はもうとっくに効果を失っている。

「しょうがない」

思案顔で歩いていたら、雛姫《ひなき》が数歩まえに出て立ち止まった。制服のポッケから二枚の紙きれを取り出して、俺に手渡してくる。

「あ？　なにこれ……遊園地の一日フリーパス？」

「うん。二枚あげる。……兄さんの自由に使っていいよ」

「えっ、マジでどうしたの急に。こんな高価なもの、身内からでも受けとれねぇって」

流石に申し訳なさが勝つ。俺はチケットを突っ返そうとしたけど、雛姫はさらにそれを拒んだ。

「ううん。いいの。アニメの打ち上げパーティーで貰《もら》ったものだから。好きにして」

「それなら、ありがたく受け取るけど……好きにしろっつったってなぁ」

手元でぴらぴら扇《あお》いでみたものの、どう活用したものだろう。

使い方は二択なようでいて、さまざまな選択肢があると思った。

「もちろん、誰を誘うのも兄さんの自由だよ。胡桃《くるみ》さんを誘っても、あの子が背中を押してくれたお礼に、今回だけ目を瞑《つぶ》る。ただし。愛《いと》しの妹を選んでラブラブデートをするのもアリとだけは言って――」

「とりあえず響也《きょうや》に一枚やるわ」

「ええええええオレに⁉」

響也がチケットをまえに仰《の》け反《ぞ》っていた。好きに使っていいならまずはこいつだな。

「響也にはこないだ相談に乗ってもらったし、日頃から世話になってるからな」

で、もう一枚は颯に渡すとして。

「雛姫のぶんの料金は、俺がお年玉で払うからさ。颯も誘って四人で遊園地行こうぜ。あいつの機嫌も直したいし、期末テスト前の息抜きってことで」

「な、なーんだ、そゆことね！　ビビらすなよぅ。親友ルートにいまから突入は厳しいんだからなー⁉」

「足踏み入れる気は微塵《みじん》もねえよ。でもまぁ、おまえにはその、借りがあるからな……日頃のお礼だよ」

俺がチケットを差し出すと、響也は感極まったみたく俺の手を握った。

「りょ、諒介……！　当日はもう吐いちゃうぐらい楽しもうな！」

「そうだな。幼児ばりに喜怒哀楽をぐしゃぐしゃにしよう」

がしっ。こうして俺たちはチケット越しに、友情の握手を強く交わしたんだ。

そんな感動の場面を、雛姫は一歩引いたところから見ていた。

「……敵に塩を送りかえした意味、ないし……」

※　※　※

22時。自室。颯を遊園地に誘おうと通話ボタンを押すのに、かれこれ1時間以上は経《た》ってしまっている。主張強めのハートビートはどくんどくんと止《や》んでくれない。

「い、いやだから、緊張する方がおかしいんだっつの。あいつは男友達みたいなもので――」

そう呟いて自分を納得させようとするも、指先がぷるぷる震えている。

おかしい、こんなのはおかしい。自然じゃない。吸って吐いてを繰り返す。数度の深呼吸を終えてから、ようやく通話ボタンに指が触れて、コールが何度か鳴り――出た。

『あい、誰ですかー……』

寝起きっぽい掠《かす》れた声。

「お、俺、俺だけど」

『オレオレ詐欺をされるほど老《ふ》けちゃいないっす……』

「赤座《あかざ》諒介《りょうすけ》だけど」

『なんだ、ただの赤座諒介かー……。……センパイ!?　あっ、あのあのあの、綺麗《きれい》な声になる為《ため》のうがいをしてきますんで、少々お待ちを！』

マイクから声が離れていった。どたばたしてるのは気のせいじゃないはずだ。水の音が聞こえてきて生活感があった。

『すみません、ちょっと寝落ちしちゃってて……おはですセンパイ』

とても怒ってる雰囲気じゃない。あれ、杞憂《きゆう》だったか？　でも、寝起きだからって、いつもより元気がない気もするんだ。

「あー、なんだ、睡眠のジャマしちゃって悪いな」

『いえいえ、平気っすよー。それで、急な電話のご用件はなんすかね。あっ、ボクの寝起き顔を見たかったりとか？』

「ぜんぜん違うけど」

『ふふふ、カメラがオフで残念でした。ちなみにボク、いま全裸っす』

「マジで？」

『はい。この時期は寝苦しいので。ふふっ、気になりますかー？』

「いや全く。たぶん俺をからかうための嘘《うそ》だしな。で、用件なんだけど」

『あはは、センパイのボクへの理解度がすごーい』

答え合わせみたいにカメラ機能がオンになってて、寝癖のぴょんと跳ねた颯《はやて》が画面に現れた。色気のないシンプルな部屋着すがたで、にまにましている。

それを見て、俺はなぜか残念に思った——いや颯の服装が可愛い系じゃなかったのは、この通話の件に関係ないだろ。早く本題に入ろう。

「そう。颯に謝りたいことがあるんだ」

「え、なんのことっすか?」

俺もカメラ機能をオンにする。画面越しに、ぱちりと大きな目が合った。

「こないだの日曜日、おまえを置いてけぼりにしちゃった件について。ちゃんと謝ってなかったなって思って」

『えっ、いいのに……あんな悲しそうな顔の雛姫ちゃん、ほっとけないっすよね。センパイの立場なら追いかけちゃうって、理解してるつもりっす』

颯は頬を掻《か》きながらそう言った。でも『理解する』っていうのは能動的な行為だ。颯は無理して呑《の》み込んでいるかもしれなかった。

やっぱり引き下がるわけにはいかない。

「だとしても、ごめん。埋め合わせはさせてほしい」

『そ、そこまで言うなら、埋め合わせの内容を聞かせてもらいたいっす』

「ああ、遊園地のタダ券を貰ったんだ。急な話なんだけど、あさって日曜日によかったら一緒に行かないか？」

『えっ。ええっ⁉』

ようやく元気な声。颯の柔らかそうな唇がわなわな震えていた——いや、柔らかそうなのは人類共通だっての。

俺が内心でセルフツッコミをしてると、颯は「わーっ」と慌てたようにカメラから消えた。慌てて押し入れを開ける音。

『ま、待って待って、寝起きで言われるには予想外のお誘いっす！　うわー、遊園地用のコーデなんて持ってない！　センパイ、こればっかりは早く言ってほしかったっす！』

どうしよどうしよー、とか電話口から聞こえてくる。あからさまにテンション上がってんなぁ。タダ券をくれた雛姫には感謝したいところだ。

そうだ、当日の詳細も伝えておかないと。

「あー。他の参加者として雛姫と響也も来るから、当日はよろしくな」

『……はい、よろしくでーす』

あれ、あからさまにテンション下がってね？　すぅーっと押し入れを閉める音がして、真顔の颯が画面に戻ってきた。

『すでにジェットコースターに乗った気分っす。てっぺんから鰻《うなぎ》くだりっす……』

「そんな急降下したの？　サガりすぎじゃん。なに。ここだけの話、ふたりのどっちかが苦手だったりすんの」

『あっ、いえ！　そんなことはあるような気もしますが、喜んで親交を深めたい所存っす……もちろんセンパイとも一』

「なんだよ、前向きじゃん。嬉《うれ》しいこと言ってくれるじゃん」

やっぱり颯は可愛《かわい》い後輩だった。こんなことを（電話越しにとはいえ）直接言いあえる仲なんだ。機嫌を損ねたってのも杞憂だったみたいだしな。

「それじゃあ、集合時間とかは後でまとめて送っておくわ。夜遅くに悪かったな。それじゃ、おやすみ」

『ええはい、おやすみなさい……っと言いたいところなんですが、寝起きなんすよね一。センパイ、夜更《よふ》かし付き合ってくれません？』

「あ？　あ一」

俺もまったく眠くはなかった。むしろ変な高揚感があり、ぎんぎんに目が冴《さ》えている。

「明日は休みだしな。じゃあ、適当にお喋《しゃべ》りでもするか」

『はいっすー！』

こうして、颯とはカメラ越しに深夜まで、だらだらした会話を繰り広げたんだ。

話題は、あの動画が面白かった、今度の期末テスト勉強がたいへん、なんていう他愛もないもの。それでも小さな笑いは絶えない。

颯のテンションがいつもより低めなこと以外、いつもの俺たちだった。

『遊園地って行ったことないから楽しみっすー』

そのはず、だよな？

9「どうっすかね、よかったでしょセンパイ！」

何度履いてもパンプスは慣れないなとボクは——わたしは思った。

日曜日というだけあって、遊園地は混んでいる。家族連れ、カップル、あえての制服集団。

そんな中、私服姿のわたし達は四人固まって、入り口からゆっくり歩みを進めていた。

「さて。どのアトラクションから行くか」

シンプルなコーデをさらりと着こなしてるセンパイが言った。

「私の希望はコーヒーカップ。三半規管、揺らしまくろ？」

「最初っから耳ん中イジめる目的で行きたくねぇよ……」

その横をゆらりと歩くのは、帽子を被《かぶ》った赤座雛姫《ひなき》さんだ。地味めな変装コーデでも似合っていて美人だった。

集合してから彼女はずっと、兄の横から離れていない。まさに驚異のキープ率。ちなみに、わたしはセンパイとあんまり話せてません。

「颯は？　どこから行きたいの」

「っ！　えっ、あー、そうっすね……」

わたしなんかに話を振ってくれると思わなかったから、少しキョドった。えっ、ここでかまってくれるなんてセンパイ優しすぎ——って、流れ的に普通だよね。

最近、ちょっとヘンだ。自信のない颯選手が表に出すぎてる。はい下がって下がって、バックオーライ。

「んー、行きたいアトラクションはないっす。おまかせします！　小野寺さんはー？」

わたしのターン終了。流れ的に聞いた小野寺さんは、顎に手をあてて悩みはじめる。シルエットの大きい中性的な服が、縦に大きく皺《しわ》を作っていた。

「そうだなぁ……オレも希望なし、流れに任せるよ」

「そう？　なら、まずはコーヒーカップから乗っていくか」

センパイが混雑している園内をどんどん歩いていき、雛姫ちゃんはその横を付いていく。

わたしと小野寺さんが、三歩遅れてふたりの後ろへ。

「颯くん、もっと前行かなくていいの？　せっかくお洒落《しゃれ》してるのに」

「あはは、ありがとうございますー……」

褒められたのに恥ずかしい。

「ほらほら、諒介の右隣り空いてるよ？　オレは気にしないで行ってきなよ！」

「えっと……わたし、いま足元がコレでして」

ヒールの高い靴を指差した。

「少々センパイに付いていくのが難しい状況なんすよね」

センパイに少しでも異性として意識されたくて、唯一持ってる女の子らしい靴を履いてきたけど、遊園地には向いてなかった。

予備のサンダルも持ってきたけど、ううん、まだ替えなくてもいいかな。だって——前に出られるようになって、赤座雛姫さんに太刀打ちできなかったら、不安定ないま、折れてしまうかもしれないから。

「そっかそっか、諒介の方に行きたいならいつでも言ってね？　オレ、陰ながらサポートしちゃうからさ！」

「あはは、心強いです」

わたしの恋心について知ってる小野寺さんは、邪気のない笑顔を見せてくれた。

まだ応援してくれてるんだなぁって、じんわり来た。へっぴり腰になっちゃってて面目ないです。

「おーい。おまえら、迷子になっちゃうぞー」

前方でセンパイが呼んでる。行かなくちゃ。わたしは小野寺さんと頷《うなず》き合って、少しだけ歩速を早めた。

※　※　※

だ、だめだ、なにもかも上手《うま》くいかない。

女子トイレの鏡で見るわたしの顔は、少しだけ青ざめている。絶叫マシンになんて乗らなきゃよかった。あんな速くて怖いものなの⁉（初体験）

それに、前で並んで座るセンパイと雛姫ちゃんの声が、酷《ひど》く楽しそうだったし……わたしなんて「ぎゃあああ」って生命の危機からくる叫び方してたよ？　隣りに座る小野寺さんも苦笑いだよ！

「はぁ……」

手を洗いながら自己嫌悪《けんお》のため息。来園してから既に３つのアトラクションに乗ったけど、未《いま》だにセンパイの隣りには座れてない。

雛姫ちゃんに気後れしちゃってるなぁ。あの子みたいにぐいぐいとセンパイに近づきたいのに……ずぅっと気持ちで負けている。

あのときの感覚にそっくりだなぁ。そう、選手交代のあと。体力切れでベンチに下げられて、進行する試合をぼぅっと眺めてた無力な時間。

「はぁ……」

二度目のため息をつきながら、わたしは公衆トイレから出た。

こんな暗い顔じゃダメだよね、切り替えよっ。ハンカチで手をごしごし拭いて、気合い注入ー！

「胡桃《くるみ》さん」

「わっ」

注入中だったからびっくりした（気合いもぷしゅっと抜けていった気がする）。赤座雛姫さんが陽炎《かげろう》みたいにゆらぁっと近づいてきていた。

「お疲れ様。ちょっと、いいかな」

「あ……はいはい。なんすかー？」

わたしは笑顔を繕って言った。本日初、わざわざ男子陣から離れての接触だ。なんの用だろう。

「再確認がしたくて——胡桃さんは、兄さんのことが好き、なんだよね？」

白昼堂々の恋バナっすか。

「ええ、そーっすね。好きですよ……あなたと同じで」

わたしはバチッと熱い火花を散らした。

「なら、私に対して遠慮は一切しないでいいから。こっちも、しないし」

「えっ」

いつも無表情の赤座さんが、にっ、と笑った。わたしの敵対心なんてどこ吹く風か、夏空に負けない爽やかなスマイル。

同性のわたしでも見惚《みと》れてしまうほど綺麗《きれい》だった。

「胡桃さんには……背中を押してもらった恩があるから。お礼として忠告」

すぅっと笑顔が溶けて、また冷ややかな無表情に戻る。

「ここから先は恨みっこなし。諒介《りょうすけ》さんに選ばれたらいいね、お互い……それじゃ」

話はそれだけ、と言わんばかりに、雛姫ちゃんは踵《きびす》を返して戻っていく。もうわたしのことなんて気にも留めてないようなモーション。

「えっ……あっ。ま、待ってくださーい」

わたしは遅れてあとを追う。

せっかく恋のライバル扱いしてくれたのに、返事も返せなかった。

情けない。ずっとずーっと気持ちで負けてる。背伸びして履いてきたパンプスが、今のわたしには——ボクにはどこか重たかった。

※　※　※

辺り一面の暗がりだ。どこから何が飛び出てくるかも不明で、順路も正直わかんない。頼りになるのは前をゆく彼だけだった。

「センパイ、センパイ、都会のおばけ屋敷《やしき》舐《な》めてました……もうギブアップしましょう？係の人を呼んで裏口から出るっす！」

「出ねぇっす。まだおばけにも遭遇してねえだろ。今んところタダの屋敷じゃん。ばけてないじゃん。ほら行くぞ」

ふざけてると思われたのかな。ほ、ほんとに怖いんだけどー……！

もうアトラクションをいくつも回ったけど、赤座さんからセンパイの横を奪取することはなかなか出来なかった。気付けばもう夕方だ。

負けてなるものかとクジ引きを提案して、せっかくセンパイとペアになれたのに。

「こ、こんなに心を乱されたら、何も仕掛けられないよ……！」

もう下半身ガクブルだよ。さっきトイレ済ませといてよかった！

「あ、なに？　仕掛けるって」

「えっ、えーっと、おばけが来たらタイマン仕掛けようかなと思いましてー！」

「霊相手に勝ち目ねぇだろ……ってか、そろそろいつ来てもおかしくねーな」

「ひっ」

　その忠告に、歩きながら息を呑《の》む。廃病院をモチーフとしたこのアトラクションは、どちらかというアメリカンなホラーらしくて、静より動を意識してるんだって。

　だから突然化けものが――

「ヴォァアアアアアア！」

「きゃあああああああっ、出たー!?」

　反射的な反応だった。わたしは近くのセンパイに抱きついてしまう。

　ごつごつしてて安心する大きさ。心拍数が上がって、良《い》い意味でも悪い意味でもドキドキ鳴ってる。

「……っ。そこまでニガテなのかよ。なら、俺の服の袖を摑《つか》んでもいいから。とりあえず落ち着いて離れて。できるか？」

　年上の余裕を感じる、諭すような落ちついた声。顔は暗くて見えないけど、そこには何の動揺もない。吊《つ》り橋《ばし》効果のつの字も期待できなかった。

「てか返事ないけどマジで大丈夫か？　怖いなら一気に抜けようぜ。目ぇつむっていいぞ」

「あっ……はい、すみません、お願いします」

瞼《まぶた》を閉じたわたしはセンパイの袖を頼りに歩いていく。

時折襲いくる怪物の声に「ひぃっ！」と声をあげると、彼は「食われたりしねぇから」と安心させてくれた。

なんでセンパイは、こんなに優しくしてくれるんだろう？

男友達の扱いで、恋のチャンスはくれないのに、なお優しい。

その気遣いが、思いやりが、不貞腐《ふてくさ》れたわたしの心には、ただただ苦しくて——

失神することなく無事におばけ屋敷から脱出できたけど、わたしは既に疲弊していた。

肉体的にも精神的にも。

「いやぁ、なかなか作り込まれてたな。つうか颯《はやて》、袖。そろそろ離してもいいんじゃね？」

「あ……はい」

手を離すのは簡単だった。センパイが出入り口を振りかえる。

「進むペース上げてきたから、響也《きょうや》たちはまだ来ねぇだろうな。てか颯、ガチ怖がってたけど大丈夫？　水、買ってこようか」

「いえ、申し訳ないっす」

また優しくしてくれた。もういいのに。

「しんどそうな顔してるじゃん。たぶん飲んだ方がいいわ。自動販売機でも探すかぁ」

断ろうとしても、メンタルが折れかけだ、言葉が出てこない。

このまま善意を浴びせられたら泣いちゃう。

そしたらきっと、センパイ優しいから、泣き止《や》ませようと色々してくれて――よりセンパイのことが好きになる。

想《おも》いが募れば募るほど、敵《かな》わないライバルの存在や、男友達という脱げない殻が、わたしに重くのしかかる。

もう嫌だなぁ、恋。

「あの、ごめんなさい。わたし……ごめんなさい」

「ん？　なに謝ってんのいきなり」

「あの、もう耐えられないんです……かまわないでください……！」

わたしはこの場から離れるべく、邪魔なパンプスを脱いで走りだした――

訂正、逃げだした。

「は？　お、おい！」

背後からセンパイの焦《あせ》った声。周囲のひとが何事かと見てきてる。

「靴はー⁉」

遊園地の夏の地面が、裸足《はだし》の裏をじりっと焼いて、熱かった。

バッグからサンダルを取りだして雑に履き替える。淑女らしさの欠片《かけら》もない逃走劇。ゴールは目下未定。ただただセンパイから――好きなひとから離れたい。その一心がどうしようもなくわたしを衝《つ》き動かしていた。

※　※　※

躊躇《ちゅうちょ》なくサンダルに履き替えたそいつの背中を、俺は見送るしかなかった。

「いや。行っちゃったけど？」

ハイヒールっぽい靴を拾いあげて俺は呟《つぶや》いた。にしても颯、脚速すぎだろ……今からでも陸上部に入った方がいいと思う。

「で。なんで逃げてんの、あいつ」

取り残される俺。骨折の治った足での全力疾走はまだ不安が残るから、俺は追いかけられないでいた。

「……理由がわかんねえな」

脱出後もトラウマになるほど、おばけ屋敷が怖かった、とか？「耐えられない」って言ってたもんな。なんせ、俺に素で抱きついてくるほどの怯《おび》えっぷりだ（ちなみにホラー演出よりも余裕で驚いた）。

「あー……？」

響也に鈍い鈍い言われてるだけあって、走っていった理由は見当もつかない。

だけど、あいつが泣きだしそうな顔をしていたことは確かなんだ。

「いやぁ、怖かったねぇ諒介。オレ、腰抜かしちゃったよ――あれ？　颯くんは？」

出てきた雛姫《ひなき》と響也がきょろきょろ辺りを見回す。それから、俺の手にしてる靴に注目が集まった。

「兄さん……後輩の靴を脱がせて強奪するのだけは、やめよ？　自首しよ」

「え、冤罪《えんざい》だっての！　颯が自分で脱いで行っちゃったんだよ」

「……どういう、こと？」

「急に走り出して、サンダルに履き替えてどっか行った。もうかまわないでーって」

「あ〜。颯くん、やっぱり複雑な心境だったか〜」

俺の説明を受けて、響也は苦笑いを浮かべた。なにか思い当たる節でもあるのかもしれない。けど、他人の推測より、本人から走っていった理由を聞いた方がいいだろうな。

「流石《さすが》に放っておけないし、ちょっくら颯のこと捜してくるわ」

あの全力疾走っぷりだ。体力のない颯のこと、そう遠くには行っていないはず――

「……待って」

ひしっ。動きだそうとする俺の背中からお腹《なか》に、細い腕が回された。柔らかな感触が押し当てられるほどに強いホールド。

俺は思わず足を止めた。

「ひ、雛姫……？　ってか、当たってる当たってる！」

「当ててる……動けなくするために。異性に触られるのは、平気なんだよね？」

ぎゅぅぅっと拘束が強まる。困った、振りほどけない。俺は自分から雛姫に触れられない。無理に脱出しようとして、傷つけるのも怖かった。

どうにかして説得するしかない。

「へ、平気じゃねえよ。雛姫、どいて。颯を追いかけないと」

「やだ」

子どもっぽい否定の声。

「せっかくオフの日に遊園地に来れたんだよ……？　私、諒介兄さんと回りたいアトラクション、まだいっぱい、あるの……この広い園内を捜してたら、とても時間が掛かるよ……ね、兄さん。この素敵な夕暮れ時を、私と楽しもう……？」

少し背伸びでもしてるんだろうか、蜂蜜みたいに甘ったるい声で囁《ささや》かれる。プロの声優ならではの業《わざ》。雛姫はそこまでして、俺のことを引き止めたいんだろう。

「胡桃《くるみ》さんも『かまわないで』って言ったんでしょ……？　なら、そっとしておいてあげるのも、優しさだと思う」

「それでも……俺は、颯のことを放っておきたくないんだよ」

たとえエゴだとしても、捜しに行かないと後悔する。そんな気がした。

「だってあいつ、泣きそうな顔してたから」

いつも元気な後輩が、そこまで精神的に参ってるっていうのに、放置するわけにもいかないだろ。ましてや義妹と呑気《のんき》に遊んでなんかいられない。

俺は必殺のカードを切ることにした。

「雛姫。よく聞いてほしい」

「……や、やだっ！　傾聴しない。手は離さない、メモ帳も取り出さない……兄さんはまた、私のこと遠ざける気なんだっ……！」

　ぎゅっと強まる拘束。ここまで拒絶するってことは、俺の言葉に聞く耳を持たないわけじゃないんだな。

　俺はふぅっと息を吐いて、少し笑いながら言った。

「違うよ。むしろ逆だって。遠ざけるどころか距離を縮めたいんだよ」

「……えっ？」

「このまま三人で遊ぶより、颯を呼び戻してみんなで夜まで遊んだ方が、心に残る思い出になるんじゃねって話」

　そっちの方が、俺らの距離だってきっと縮まる。

「雛姫だってさ、『胡桃さんどうなったんだろ』って頭の隅にチラつかせながら、メリーゴーランドとか乗りたくないだろ」

「それは、そう……でも、胡桃さんは、もう園内には居ないかもしれないよ」

「居るさ。あのまま帰れるような状態じゃない」

「どうして、分かるの？」

「俺があいつの一番の先輩だから」

　たかが数ヶ月の付き合いだけど分かる。

俺が断言すると、雛姫がそっと拘束を解いてくれた。背中に当てられていたふたつの感触が離れていく。

「そっか……どうせ、止められないって知ってた……いっそ、一緒に捜そ、兄さん」

「えっ、協力してくれるの」

「うん。胡桃さんを見つけて、私と諒介兄さんの距離が縮まるなら……それもいいかなって……思っただけ。ホントに、それだけだから」

振り返れば、髪をいじいじしてる義妹の姿。その顔が赤いのは夕陽《ゆうひ》のせいだけじゃないはずだ。素直じゃねえなあ、こいつ。

俺的には、可愛《かわい》い後輩と可愛い義妹の、ギクシャクした距離も縮まればいいなって狙いもあんだけどさ。

「じゃーまー、話もまとまったみたいだし？　迷子の颯くん捜索隊、出動だな～！」

「おまえ、俺が抱きつかれてる時にニヤニヤ静観してたろ。まず異性ニガテ諒介くん救助隊として出勤しろよ」

男相手に遠慮するつもりはない、響也の脇に手刀を挟みこんだ。

「わひゃひゃひゃ、くすぐりは反則!?　ごめんってばー！」

「よし、謝罪も聞けたし三手に分かれるぞ。見つけたひとが戻ってくるよう説得を図ること」

俺は颯《はやて》の走りだしていった方角へ進む。走れない代わりに早歩き。俺の中での最高速でもって後輩捜索に臨んだ。

※　※　※

また逃げちゃった。サッカーに続いて、センパイからも。

ボクはベンチで乱れた呼吸を整えていた。

雲ひとつないオレンジ色の空。その手前に、どーんと、おおきな観覧車。そこに吸い込まれてくカップル達を、ボクはただ観察していた。

「……乗りたかったなぁ。あれ」

あのひとと、ふたりで。

「あんな痴態を晒《さら》したあとじゃ、もう戻れないけどネー……」

センパイも呆《あき》れてるに違いない。

いきなり情緒がおかしくなった後輩なんて、放っておくに決まってる。

「どうしよっかなー」

帰ることも出来ず、戻ることも出来ず、ボクはベンチに留《とど》まってるだけ。

どこへも行けない足をぶらぶら動かすと、サンダルが脱げそうになって滑稽だった。子どもみたい。

いや、まさしくわたしは子どもだった。恋愛の楽しい面にだけ飛びついて、苦しい面が露呈したら、もう尻尾をまいて逃げだしてる。

いっそ、無理やりにでも諦めようかな、って思う。

センパイへの恋を終わらせる——そう決めると、気休め程度に心が軽くなった。

そうだ、そうしよう。人知れず、恋心を闇に葬《ほうむ》り去ろう。

次にあった時キチンと謝って、おちゃらけて、ただの男友達としてバカやっていけば、苦しくないまままあのひとの傍《そば》に居られる。

「………」

今日のところは、もう帰ろう。

こんな心ぐちゃぐちゃの状態で居るなんて、しんどいから。帰って、ぐっすり寝て、メンタルをすっきりリセットだ。

ボクは立ち上がって、人知れず園内を後にしようと動きだす。

「見つけた」

そうしたかったのに、どうして見つけちゃうかなぁ。

「センパイ」

汗を流して息を切らして、ボクを必死に捜してくれていたことが窺《うかが》えた。

申し訳ないのに、どうしてこんなに嬉《うれ》しいんだろう。

「ごめんなさい、あの、ボク……」

「あぁ、いいよ。なんで走ってったのか知らないけど、気遣ってやれなかった俺も、ほら、その、アレだし……」

ぜーはーと息を切らしながらも、ボクのことをフォローしてくれた。

「てかさ、体調悪そうだったのに走って疲れたろ。途中で水、買ってきたから」

空白を埋めるように、矢継ぎ早にしゃべるセンパイが、冷たいペットボトルを差しだしてきた。自分で飲めばいいのに。

「あ、ありがとうございます……」

ボクのことを見捨てるどころか、気にかけてくれていたんだ。

恋を諦める決意をして、まだ3分も経《た》ってないのに、ときめいてる自分が居た。未練たらたらだ。

ちゃんと断ち切らないと、ずっと苦しいままな気がした。

「……センパイ。あの……話したいことがあるんです」

「ん？　おお、なんでも言ってくれていいよ」

「じゃあじゃあ、観覧車に乗らないっすか？　そこで落ち着いて喋《しゃべ》りましょう」

決めた。あの観覧車の中間地点に——てっぺんに行くまでに告白する。

そして最後は派手に散るんだ。振られてから始まる『後半戦』とやらには参加してやらない。

ここで、この最後のチャンスで、ボクは決める。

「ああ、いいよ。相談なら乗るからさ。おまえの抱えてるもの、聞かせてくれよ。覚悟はできてるから」

「あはは、ありがとーございます……では、行きましょうか」

もし。もしも告白が上手《うま》くいったら——

その時はチューのひとつでもしたいなって思った。

※　※　※

がたごと揺れながら上昇を続けるゴンドラの中、俺たちは景色を見ていた。

徐々に高度が上がっていく。まばらな人影の見える園内の先、林立する都会の建物群が模型のように見えた。

「…………」

「おー、めっちゃ高くまで来た。俺らの住んでる場所、どのへんなんだろうな」

颯の話が始まるのを待つのもしんどくなって、俺は、観覧車あるあるトークをかました。

「……ぁはい」

颯の声は、なんとか絞りだした感が満載だ。覇気のない返事。そいつはまた口を閉じて、左胸に手を置いたまま俯《うつむ》く。ＰＫ戦でボールをまえに集中するキッカーみたいな態度。

「……っあの……センパイっ」

「ん？　どうした。ゆっくり言ってみ」

「……いえ、あの、そのっ……なんでもないです……」

また沈黙を繰りかえす。これで三度目だ。対面から、ひゅーっと深呼吸のブレスが漏れる。そこまで言いにくい話なんだろうな。

俺たちの気まずい沈黙なんて露知らず、ゴンドラは上昇運動を続ける。

ついに頂上へと辿《たど》りつき、観覧車の前半が終わったところで――

対面から、すんすん鼻を啜《すす》る音が聞こえはじめた。

「えっ!?　な、なんで泣いてんの？」

颯は顔を覆うこともなく静かに、一筋の涙を流れるがままにしていた。

「ごめんなさい、ごめんなさい……決意しても切りだせないわたしが、不甲斐《ふがい》なくってー
……」

「ええっ？　いや、無理して話さなくてもいいって。観覧車降りたあとでも、話なんて幾らでも出来るんだから」

「いえっ、ここしかなかったのに、最後の、絶好のチャンスでさえ、わたし逃げ腰で、挑むことすら出来なくってー……！」

膝の上の震えている手の甲に、雫《しずく》がぽたぽた落ちていた。

なんで泣いてるのか、正直まったく分からない。

「ごめんなさい、センパイ、言えなくてっ……」

その切実な啜り泣きの理由が分からない。

まあ、俺には言えないことなんだろうな。

踏み込んじゃいけないラインかもしれない。

『かまわないで』という、さっき告げられた拒絶が頭をよぎる――

いや、無理。いつも元気な颯がこんな暗い顔で泣いてたら、なんかしたくなるに決まっ

てるじゃん。

「まあ落ち着けよ。無理に話さなくてもいいから」

雫のこぼれた震える手に、ゆっくりと手を伸ばした。もしかしたら、俺が触ることで、より颯を傷つけてしまうのかもしれない。それでも――

「泣かなくていい。安心しろ、俺がそばに付いてる」

震える颯をただ見てるだけなんて出来ない。

リスク承知のうえで、その震える手を上から包む。自ら異性の手に触れた瞬間、ぞわりと全身の毛が逆立つのを感じた。フラりとくる。いや、堪《こら》えろよ俺。この後輩が落ち着くまで手放すな。

「……え」

ようやく颯は顔を上げてくれた。潤んだ瞳を丸くしている。

だけど、すぐにその表情は暗くなった。

「あの、センパイ……」

「どうした」

「たしか、自分から異性に触れないんですよね」

「まあ、そうだな」

高度を下げていくゴンドラの中。

夕陽《ゆうひ》に照らされた中性的な美形が困ったように笑った。

「――わたし、コレでも女の子なんすよ？」

涙まみれの、クシャっとした笑顔。

どうしてかな、まるで整ってない表情なのに、いつかの河川敷《かせんじき》と同様、見惚《みと》れてしまった。

「知ってるよ。おまえが女の子だなんてこと、とっくに知ってる」

もう、颯の性別を知らなかった頃の俺じゃない。

男友達みたいな存在……なんて言い訳も、本当は効力のない戯言《たわごと》だ。

胡桃《くるみ》颯は、いつ恋してしまってもおかしくないほどに魅力的すぎる女の子だった。

「なら、なんでわたしに触れられるんすか？」

「気合いで耐えてる。おまえみたいな可愛《かわ》いすぎる女の子に自分から触れるなんて、本来なら気絶してるところだからな」

「なにそれ」

半分泣いて半分笑ってた。

「あー、もう……やっぱりまだ頑張りたいなぁ……！」

白いハンカチでごしごし強く目頭を拭いながら、謎の宣言を吐く颯《はやて》。

とにかく、その声に元気が戻ってきてよかった。落ち着かせられてなによりだな。俺は颯から手を離して聞いた。

「で、どう。走り去った理由とか話せそう？」

「……はい。すみません。話したかったんすけど、そのうちに地上に着いちゃうので、今回はやめておきます」

「あーそう、まぁ気が向いたらでいいよ」

「その代わり。センパイにお願いがあるんすけど」

「お、なんだなんだ、言ってみ？」

「靴……履かせてもらえないっすかね」

颯は、俺の脇にあるハイヒールを指さしていた。

サンダルを履いていた両足は、いつの間にか裸足《はだし》になっている。

「え、ええ？　履かせろと？　俺に？」

「はい。よかったら、お願いします」

泣き跡のついた顔で颯は微笑《ほほえ》んだ。い、いきなり高難易度なこと頼んでくるじゃねえか。

ゴンドラは下降を続けている。うかうかしてたら着いちゃうぞこれ。

迷ってる時間はない。俺は席から立って屈《かが》み、そいつのおみ足に靴を履かせる。

「くっ」

慣れない作業に手こずってしまう。頭上からジッと感じる視線。どういう意図だこいつ。

やっと履かせおわった。

「ほら、出来たぞ」

そいつが今どんな表情をしてるのか知りたくて、俺は屈んだまま見上げた。

きれいな顔が近い。

「うわっ」

予想だにしてない至近距離。颯が座ったまま腰を曲げている。なに？　なんだこいつの
一連の動作は。

警戒して動けないでいると、そいつは俺の顎をくいっと持ち上げてきた。あ、顎クイ？

いきなりの行動にされるがままだ。そして素早く近づいてくる颯の顔。

「どうぞ」

俺の唇の真横に、湿っぽくて柔らかい感触が、ちゅっ、と当たった。

「は、はあ⁉」

腰が抜けた。

「おっ、おま……なんで唇にキスした⁉」

「えー？　違いますよー。唇チューは恋人同士のキスですけど、今のはぎりぎり頬チューなので、親愛の証《あかし》っす！」

「はぁ……⁉」

「ここまで追いかけてくれたので『男友達みたいなもん』であるボクからのお礼っす。どうどう？　どうっすかね、よかったでしょセンパイ！」

「よっ、よかったって、おまえなぁ！」

「あ、そろそろ着きますねー」

俺の非難を躱《かわ》す、少年らしい悪戯《いたずら》めいた微笑み。まさかこいつ、最初から顎クイ＋キスをするつもりで、靴を履かせるよう頼んできたな……⁉

「え、なに、外国だとキスは挨拶みたいなもんだって聞いたことあるけど、マジでただのお礼？　ど、どうなんだ。今のはどういう意味なんだ颯！」

「さー？」

そいつは答えることもなく微笑むと、背中をくるりと向けて、開いたゴンドラの出口か

ら降り立った。

「ベンチで見てるだけなのは、やっぱりすっごく嫌なので——ほら、行こ、センパイ」

また分からないことを言ってる颯は、降りやすいように手を差し出してくれてる。いきなりのキスといい、こいつ外国の紳士かよ。

俺はその手を摑《つか》むか迷った。またトラウマによる身体反応が来そうでまごついてたら、ギュッと颯から摑まれる。引っ張られるように俺は観覧車から降りた。

手を繫《つな》いだまま、颯はえへへと笑う。もはや涙は浮かべていない。

「これからも、わたしなりに走っていきますので——ボクのことをよろしくお願いしますねー？」

「なんだその一人称の使い分け。てか、勝手にいい雰囲気出して、勝手に一連の流れを終わらせようとしてんじゃねーよ。キスの説明義務を果たせオイ」

「お断りっすー！」

「あ、こら待て逃げんな！　くそ、あいつ脚速すぎだろ！」

さっきまでの湿っぽい雰囲気はどこへやら、手を振りほどいて颯は走っていく。結局いつもの俺たちに戻っていた。

安心する反面、どこか残念な気もしたのは——気のせいに決まってる。

ドキドキなんて無視して俺は、先で待っている颯の元へ駆けだしていった。

エピローグ

「センパイ、おはよーございますっ。絶好の期末テスト日和っすねー！　あの、助けてくださいヤバいです」

待ちあわせ場所である駅前に着いた瞬間、二重の意味で可愛《かわい》い後輩が泣きついてきた。

「あのな、送った過去問で勉強しとけってったろ。すでに俺に出来ることねえよ」

「わーん、ひとり暮らしは誘惑が多いんすよー！　このまま赤点取ったら、夏休みセンパイと遊べなくなるー！」

「ち、近い近い。近いから」

後輩が至近距離で泣き言をいってる。くそっ、どうにかして助けてやりたくなるな……

そこに義妹が、ぐぐっと割って入ってくる。

「胡桃さん。まずは離れて。暗記科目なら、私が歩きながら叩《たた》きこむ」

「ほんとに？　やった、持つべきものはライバルっすねー」

「うん。あるていどは持ちつ持たれつやっていこう」

なんか朝から美しき友情（?）が芽生えてる。こいつら好敵手だったんだ。え、何のだ？

「おはよう諒介《りょうすけ》、早速だけど国語のヤマ教えて！」

「ヤマなんて知らねぇよ。適当に漢字でも書き取っとけ」

「冷たい！」

こっちで美しい友情は芽生えなかった。

「こら、センパイ。わたしの恩人であるところの小野寺さんには、優しくしてあげないとダメっすよー？」

ぺしぺし、と背中を触るようにツッコまれた。久しぶりの感触。慣れてるはずのボディタッチだったのに——

「おっ、おお、おう響也《きょうや》、あとでマンツーマンでみっちり教えてやるわ」

「マジで？　やりい」

——効きすぎて真逆のこと言ってた。

週末に颯からされたキス以来、どうにもこの後輩に緊張しすぎてる。ボディタッチひとつでこの体たらくだ。本人は、あの口づけについて「さー？」とはぐらかすばかり。俺はドギマギさせられっぱなしだ。とても悔しい。

「諒介兄さん……胡桃《くるみ》さんに、動揺しすぎじゃないかな」

呆《あき》れたように言う雛姫《ひなき》も、ぺちぺち触ってきてる。両隣りからの接触。朝から後輩と義妹に、ソフトタッチの連打をくらっていた。

「う、うっせ。動揺なんてしてねぇよ」

「ふっふっふっ、嘘《うそ》ばっかり。センパイ、照れてるんすかー？　わたし『男友達みたいなもん』なんじゃー？」

揃《そろ》えた指を唇に当ててニヤついてる。またからかってきてる！

「う、うっせうっせ。いいから行くぞ！」

颯をいなして俺は歩き出す。すると「あはは っ、待ってくださーい」と追いかけてきた。

なんだかんだ、こいつとは長い付き合いになるだろうな。

横に並ぶ颯の安心する笑顔を見ながら、そんなことを思った。

あとがき

はじめまして、四条彼方《しじょうかなた》です！　そうでない方はお久しぶりです。再会出来てとても嬉《うれ》しい。今作もよろしくね。

……と、挨拶を済ませたはいいものの書きたいことがありません。モニターと何時間もにらめっこしています。

アイディア無しであとがきを書くのがこうも辛《つら》いとは。知らなかったですねワハハ（にらめっこ敗北）。

参考にしようと他の作家先生のあとがきを覗《のぞ》き見《み》たら、皆さん綺麗《きれい》に纏《まと》めてらっしゃいました。何このひとたち、天才？　どこで書き方を習ったんですか？

諒介《りょうすけ》と颯《はやて》のような縦のつながりが四条には無いも同然です。あとがきの書き方なんて聞けません。ラノベ業界の詳しい事情とかもほぼ知らないです。

どうして……どうしてこんなことに……？

さすがに危機感を覚えてきた……

先輩作家の方々、仲良くしてください。具体的に言うとお寿司《すし》とか奢《おご》ってほしいです！

蒸し海老《えび》しか頼まない偏食家スタイルを初対面でキメて、ドン引きされる未来が見えるけど！　お願いお願いお願い！　お願いします‼

とまあ気安いカンジを装《よそお》ってみても、実はフツーに人見知りなあたりが、可愛《かわい》がられない根本原因なんでしょうね。ぜぇぜぇ……（自己分析で息苦しくなってる）

もう謝辞いきます。

うなぽっぽ様、素敵なイラストをありがとうございました！　キャラデザを拝見し、そのキャラ解像度の高さに腰を抜かしたのは良《い》い思い出です。

その後「ありがたや、ありがたや……」と奇跡を前に涙する村長と化しました。皆さんもぜひ、四条の住まう『颯も雛姫《ひなき》も可愛すぎ村』に寄ってってくださいね〜。

続いて担当編集のS様、お忙しい中なんども原稿を確認してくださり、ありがとうございました！

今作は比較的スムーズに進行出来たんじゃないでしょうか——進めてたギャルの企画を放り投げて、「もう後輩しか信じられへん」と別企画を提出したこと以外。

その節は申し訳ありません！　また機会があれば、より成長した四条をお見せしたいです……！

最後に読者の皆様。『わたし、コレでも女の子なんすよ？』を手にとってくださり、ありがとうございました！

ラノベ一冊を読み終えるのってけっこう大変ですよね。

四条は最近お勉強のために書店のラノベコーナーへ毎日通ってるんですが、購入まで踏み切る作品は少なめです。理由は単純で、お金に余裕がないから。タイトルと表紙だけ見て「どんなお話なんだろう?」と想像だけして楽しんでますね、毎日。あれ、おかしいな、涙止まんないや……

読者の皆様も様々なお財布事情のもと、読書時間を捻出して、本作にあたってくれたんだと思います。その大変さが身に沁《し》みて分かるようになってきました。

改めましてもう一度。ありがとうございました。また、どこかでお会いできたら嬉しいです。ほんとにほんとに。絶対また会おうね！　ウチらズッ友だよ！　今度タコパとかしようねー！

適当なことほざいてたらタコ焼き食べたくなってきた……

これからタコ焼き食べてくるので、あとがきを終わります！

お疲れ様でした。ではではー。

お便りはこちらまで
〒一〇二―八一七七
ファンタジア文庫編集部気付
四条彼方（様）宛
うなぽっぽ（様）宛

富士見ファンタジア文庫

わたし、コレでも女《おんな》の子《こ》なんすよ？
〜最高《さいこう》の男友達《おとこともだち》だと思《おも》っていた後輩《こうはい》が、じつは美少女《びしょうじょ》だった件《けん》〜

令和５年10月20日　初版発行

著者――四条彼方《しじょうかなた》

発行者――山下直久

発　行――株式会社KADOKAWA
〒102-8177
東京都千代田区富士見2-13-3
0570-002-301（ナビダイヤル）

印刷所――株式会社暁印刷

製本所――本間製本株式会社

※定価はカバーに表示してあります。
●お問い合わせ
https://www.kadokawa.co.jp/（「お問い合わせ」へお進みください）
※内容によっては、お答えできない場合があります。
※サポートは日本国内のみとさせていただきます。
※Japanese text only

ISBN978-4-04-075180-1 C0193　◇◇◇

「す、好きです!」「えっ? ススキです!?」。
陰キャ気味な高校生・加島龍斗は、
スクールカースト最上位&憧れの白河月愛に
罰ゲームきっかけで告白することになった。
予想外の「え、だって今わたしフリーだし」という理由で
付き合うことになった二人だが、
龍斗はイケメンサッカー部員に告白される
月愛の後をつけて盗み聞きしてみたり、
月愛は付き合ったばかりの龍斗を
当たり前のように自室に連れ込んでみたり。
付き合う友達も遊びも、何もかも違う2人だが、
日々そのギャップに驚き、受け入れ合い、
そして心を通わせ始める。
読むときっとステキな気分になれるラブストーリー、
大好評でシリーズ展開中!

ありふれた毎日も
全てが愛おしい。

「済」みな「キ」「ミ」と、
「ゼ」「ロ」な「オ」「レ」が、
き「合」いする「話」。

ファンタジア文庫
何気ない一言も
キミが一緒だと
経験
経験
お付
著／長岡マキ子
イラスト／magako

僕、兄貴のこと
すっごく好きだよ！
シリーズ
重版続々
大ヒット
発売中‼

切り拓け！キミだけの王道
ファンタジア大賞
原稿募集中！
賞金
《大賞》300万円
《金賞》50万円
《銀賞》30万円
選考委員
細音啓「キミと僕の最後の戦場、あるいは世界が始まる聖戦」
橘公司「デート・ア・ライブ」
羊太郎「ロクでなし魔術講師と禁忌教典《アカシックレコード》」
ファンタジア文庫編集長
前期締切 8月末日
後期締切 2月末日
公式サイトはこちら！ https://www.fantasiataisho.com/
イラスト／つなこ、猫鍋蒼、三嶋くろね